KB109440

나를 위한 노래

이석원   나를 위한 노래

마음산책

이석원   1971년 서울 출생.
         『보통의 존재』와 『언제 들어도 좋은 말』 등의
         책을 냈다.

나를 위한 노래

1판 1쇄 발행   2022년 11월 20일
1판 4쇄 발행   2024년 3월 5일

지은이   이석원
펴낸이   정은숙
펴낸곳   마음산책

편집   성혜현 · 박선우 · 김수경 · 나한비 · 이동근
디자인   최정윤 · 오세라 · 한우리
마케팅   권혁준 · 김은비 · 최예린
경영지원 박지혜

등록   2000년 7월 28일 (제2000-000237호)
주소   (우 04043) 서울시 마포구 잔다리로3안길 20
전화   대표 | 362-1452   편집 | 362-1451
팩스   362-1455
홈페이지   www.maumsan.com
블로그   blog.naver.com/maumsanchaek
트위터   twitter.com/maumsanchaek
페이스북   facebook.com/maumsan
인스타그램 instagram.com/maumsanchaek
전자우편   maum@maumsan.com

ISBN   978-89-6090-782-9 03810

◦ 책값은 뒤표지에 있습니다.

모쪼록 이 한 편의 긴 노래가
당신에게 온전히 가닿길 바라며.

이 책은 2022년 4월부터 7월까지 넉 달간 내게 벌어졌던 어떤 '사건'에 관한 이야기다. 나는 당시 수년간 지속되어오던 긴 슬럼프에서 헤어나지 못하고 있었는데, 어느 날 출판사 마음산책으로부터 연락이 왔다. 강연을 해달라는 것이었다. 책을 낸 저자로서 종종 하던 일이었던 만큼 특별할 것도 새삼스러울 것도 없는 제안이었다. 그러나 별생각 없이 수락했던 그 일이 모든 것을 바꿔버리고 말았다. 강연을 준비하고 실행하는 과정에서 나는 그저 돈 몇 푼 벌고자 제안을 수락했던 처음과는 완전히 다른 사람이 되고 말았던 것이다.

어떻게 이런 일이 가능할 수 있었을까.

✳

올해 6월 21일부터 7월 19일까지 한 달간 나는 총 세 번의 강연을 통해 각각 관계와 선택과 창작에 관해 이야기했다. 강연을 들은 사람들은 온라인과 오프라인을 합해 1300여 명에 달했다. 강연을 준비하면서 나는 집에서 강연 원고를 쓰다가 수시로 아파트 앞 주차장 마당에 나가 원고를 소리 내어 말하는 버릇이 생겼는데, 그 일을 종일, 매일, 밤을 새우다시피 반복하면서도 힘든 줄 몰랐다. 오히려 강연을 하는 내내 나는 전에는 느끼지 못했던 기쁨과 보람에 사로잡혔는데, 이렇게 뜨거웠던 여름이 언제였는지 기억조차 나지 않을 만큼 스스로도 놀랄 만한 열정이 계속해서 나를 이끌었다.

그동안 나는 정말이지 긴 시간 작가로서 침체되어 있었는데 이렇게 신바람 나는 매일매일이라니. 나는 갑자기 찾아온 이 변화와 열정이 어디에서 온 것인지 몰라 기쁘면서도 혼란스러웠다.

갑자기 찾아온 이 행운이 또 불쑥 어딘가로 사라져버 릴까 봐.

어쨌거나 나는 달라졌고, 그 모든 순간들이 모여 이렇 게 또 한 편의 긴 노래가 되었다. 과연 한 사람의 삶이 바뀌고 태도가 바뀌면 그 변화는 타인에게 어떤 모습 으로 가닿게 될까. 이 책은 그 물음에 대한 나의 작은 대답이다.

1

행복보다 중요한 고통 ◦ 사람 지옥
◦ 모든 것은 이해의 문제 ◦ 누가 누
굴 안다고 믿는 것에 대하여 ◦ 너
때문에 이렇게 됐어 ◦ 언제나 거리
를 둔다 ◦ 부부의 거리 ◦ 기억 ◦ 거
절의 기술 ◦ 아버지의 비밀 ◦ 어머
니의 사정 ◦ 수정에 대하여 ◦ 이해
의 세계

모든 선택에는 이유가 있다。정보와 경험의 부재는 잘못된 선택을 부른다。내 마음속 채워지지 않는 동그라미。거짓말 같은 행운。삶의 변수로 작용하는 운과 우연들。정상적인 인간。나를 구한 선택。가장 솔직하다는 말을 듣는 나의 거짓말이 내 인생을 어떻게 바꿔놓았는지에 대해。선택에는 대가가 따른다。주먹 감자。선택지는 항상 넓게 가진다。사람에 대한 결론은 시간을 두고 내린다。선택은 남이 아닌 나를 위해서 하는 것。자유, 자유로움。한 사람을 살린 선택

début。해프닝을 현실로。나의 글쓰기 이력。양의 함정。나를 이루는 판단과 안목에 대해。스파링。구체성。어떤 불일치。내가 좋아했던 창작자들에 대해。취향趣向 —하고 싶은 마음이 생기는 방향. 또는 그런 경향. 혹은 그저 내가 좋아하는 것들。내가 세상을 사랑하는 법。음악과 책을 만드는 일은 내게 어째서 다른 것이 아닌지 나는 왜 그 모든 일을 할 수 있는지。대체될 수 없는 존재가 되는 법。태어났으니까 사는 사람

세상에는 오직 본인만이
답을 정하고 해결할 수 있는 일들이 있다.
긴 기다림 끝에 내가 나 자신으로 살아가기 위해
깨달은 것이 있다면 그것 하나다.

행복보다 중요한 고통

저는 이 세상의 행복을 크게 두 가지로 분류하는데
요. 하나는 어른의 행복, 또 하나는 아이의 행복입니
다. 아이들은 신나고 재밌고 맛있으면 행복합니다.
아이들은 재미있는 게임 하고 엄마 아빠랑 좋은 시간
보내면 행복하죠. 단순하게 이해하면 그렇다는 얘기
입니다. 그럼 어른들은 어떨까요.

어른들은 행복하려면 일단 고통이 없어야 합니다.
근심, 걱정, 불안 이런 게 없어야 한다는 거죠. 오늘
도 먹고살기 위해서 긴 하루를 보내다 마침내 밤에
잠을 자기 위해 불을 끄고 자리에 누웠을 때, 마음에
걸리는 것이 하나도 없으면 어떠세요.

그럴 때 드는 안도감을 우리 어른들은 행복이라 부
릅니다. 아이들이 재미와 즐거움을 찾아서 세상을 헤
맬 때 어른들은 그저 걱정, 불안, 고통이 없는 상태에
놓이는 것만으로도 행복하다고 느낀다는 거죠. 물론
그런 날이 며칠 안 돼서 문제지만요.

이런 이유로 우리는 행복하기 위해서라도 먼저 고
통에 대해서 이야기할 수밖엔 없는 것이고요. 그렇게
걱정, 불안, 근심, 화, 신경질 이런 것들을 내 마음이
라는 밭에서 잡초를 베어내듯 끊임없이 제거를 해줘
야만, 그나마 작은 마음의 평화라도 누리면서 살 수

있는 게 슬프지만 어른의 삶입니다.

그럼 어른들은 어떨 때 고통을 느낄까요. 여러분은 어떨 때 뭔가에 대해서 걱정이 되고 화가 나고 불안해지면서 마음의 평화가 깨지고 그러세요.

뭐, 시험에서 떨어지거나 수중에 돈이 너무 없거나 어느 날 거울 속의 내 모습이 마음에 안 들어서 미치겠을 때 등등 여러 가지 경우가 있겠죠. 그중에서도 가장 크고 압도적으로, 살아 있는 내내 우리를 쫓아다니면서 괴롭히는 골칫거리가 있으니, 눈치채셨겠지만 그건 바로 '사람'입니다.

사람. 즉 관계에서 오는 문제. 타인과 대면하면서 생기는 온갖 일들. 사람이라면 누구나 이 사람 대하는 일을 평생 해왔기 때문에 어느 정도 나이가 들면 숙달이라는 게 되어야 하는데 현실은 그렇지가 않죠. 똑같은 문제가 수십 년 반복되는데도 똑같은 선택을 하고 똑같은 후회를 합니다. 어째서 이 사람과의 문제는 누구한테 배울 수도 없고 스스로 학습을 하기도 어려운 걸까요.

사람 지옥

제가 아는 어른이 한 분 계시는데요. 이분이 외국의 어떤 산악지대로 여행을 가셨다가 사고를 당하셔서 낯선 사람들과 한집에 갇히다시피 한 적이 있었거든요. 다행히 며칠 만에 구조가 되셔서 무사히 집으로 돌아오셨는데, 그러시더라고요. 거기서 춥고 배고프고 언제 구조될까 두렵고 그런 것도 힘들었지만 진짜 지옥은 따로 있더라 이거예요. 그래서 제가, 그럼 뭐가 제일 힘드셨느냐 물으니까 그분이 이렇게 대답을 하시더군요.

"사람."

거기에 말 통하는 우리나라 사람들도 있었지만 그런 건 다 소용이 없고 각기 성격도 문화도 생활습관도 다 다른 낯선 사람들과 한 공간에서 지내야 한다는 것이, 불과 며칠간의 일이었는데도 그분에겐 거의 지옥처럼 느껴졌던 것이죠. 절대 노크하지 않고 화장실 문을 밀고 들어오는 아저씨들, 혼자 조용히 있고 싶다고 아무리 말해도 말을 건네는 사람들……

당시 그분이 느꼈던 괴로움은, 조난이라는 특수한 상황에서 비롯된 인간의 나만 살겠다는 이기심이나 어떤 거대한 악의 같은 것들이 아니라, 그저 타인의 사소한 습관이나 태도 같은 것들 때문이었던 것이죠.

사람이 사람과 어울려 생활하는 일이 그토록 힘들다 보니까, 오죽하면 지옥은 다른 게 아니고 사람이 바로 지옥이더라는 말씀까지 하셨던 것인데요.

물론 우리는 사람 때문에 행복할 때도 있고 힘을 얻을 때도 있습니다. 무엇보다, 타인이란 존재가 없으면 과연 산다는 게 의미가 있을까요? 이 넓은 지구에서, 거추장스러운 타인들을 다 치워버리고 나 혼자 살면 정말 행복할까요?

제가 극장 가서 영화 보는 걸 참 좋아하는데, 막상 가서 있으면 스트레스를 많이 받는 편이거든요. 극장이라는 공간은 모르는 사람들과 함께 섞여서 영화를 보는 곳이잖아요. 그럼 그곳에는 확률적으로 별별 사람들이 다 있을 수밖에 없겠죠. 영화가 시작했는데도 휴대폰을 끄지 않는 사람들, 자기들끼리 계속 속닥속닥 얘기하면서 보는 커플.

작게 얘기하면 괜찮은 것 아닌가 하실 수도 있겠죠. 하지만 우리가 극장엘 가면 영화가 시작되기 전에 안내 영상이 나오죠. 불이 나면 어디로 대피해라. 너희들이 지금 있는 곳은 8관이다. 이러면서 마지막에 뭐가 나오죠? 대화 금지. 말하면서 영화를 보지 말라는 것이죠.

그래도 정말 작게 얘기하면 괜찮은 거 아닐까 하는 분이 계실 수도 있을 겁니다. 그런데, 나는 이 정도면 안 들리겠지 하고 내 딴에는 딱 내 옆 사람에게만 들릴 만큼 작게 얘기를 했는데, 다른 사람 귀에도 들리면 어떡하죠?

우리가 타인과 갈등을 빚고, 타인 때문에 힘들어지는 이유가 바로 여기에 있습니다. 우리는 생각도 견해도 기준도 다 다른 개별적인 존재들이거든요. 그러니까 서로 엇갈릴 수밖에 없고 그 엇갈림에서 많은 문제들이 생길 수밖에 없는 거죠.

얼마 전에 극장엘 갔더니 어떤 관객 한 분이 영화가 시작됐는데도 계속 자기 휴대폰만 들여다보고 있는 거예요. 근데 보니까 그 액정의 밝기를 자기 딴에는 좀 어둡게 조절을 해놨더라고요. 그러면서 그분은 생각했겠죠. 이 정도면 괜찮겠지. 이렇게 하면 다른 사람한테 피해가 안 가겠지.

그러나 엄연히, 피해는 발생했다.

왜, 타인의 관람을 방해하는 행동에 대한 그 사람의 기준과 내 기준이 달랐기 때문에. 극장이라는 공간에서 영화를 볼 때 우리에겐 어떤 행동은 해도 되고 어떤 건 하면 안 되는지에 대한 일종의 사회적 합의가 있습니다. 그런데 그 합의에 대한 이해가 관객마다 다르면 그걸 합의라고 할 수 있을까요?

그래서 저는 작가로서 '상식'이라는 말을 별로 좋아하지 않는데요. 상식이라는 게 얼핏 보편적인 개념 같지만 현실에서는 상당히 주관적으로 쓰일 때가 많습니다. 다른 사람하고 말다툼 같은 걸 하다가 상대방이 상식을 들먹이면 의아할 때 있지 않으세요? 상식이라는 게 사람마다 다르면 그건 더 이상 상식일 수가 없는 거잖아요. 그런데 지금 이 사람이 말하는 상식은 내가 아는 상식과 다르단 말이죠.

어째서 이런 일이 발생할까요.

아까도 말씀드렸지만 인간은 서로 생각이나 가치관, 취향 등 모든 게 다 너무나 다른 존재들이기 때문에, 논쟁의 여지가 없는 객관적인 개념마저도 논쟁을 하게 되고 그 외에도 무수한 갈등을 빚을 수밖에 없습니다. 그리고 이러한 엇갈림은 결국 타인에 대한 이해의 문제로 귀결이 되죠.

모든 것은 이해의 문제

우리가 살면서 타인과 부딪히며 생기는 많은 문제들은 행위에서 비롯되는 게 아닙니다. 저 사람이 무슨 일을 하는가보다 내가 그 일을 이해할 수 있는가가 더 중요하다는 거죠. 충간소음을 예로 들어볼게요. 다른 집에서 똑같이 소리가 나도 이유를 모른 채 듣는 것과 사전에 미리 언질을 받아서 왜 소리가 나며, 언제까지 날지를 알고 듣는 것은 데미지의 차이가 크겠죠.

즉, 우리가 타인으로부터 받는 스트레스라는 건 행위의 문제가 아니라 이해의 문제라는 겁니다. 저 사람이 왜 저런 행동을 하는지 이해를 할 수 있으면 문제가 되지 않습니다. 최소한 내 마음이 덜 불편하죠. 그런데 왜 주차를 저렇게 할까, 왜 남의 집 앞에서 담배를 피울까, 이해가 가지 않기 시작하면 그때부턴 힘들어집니다. 경우에 따라서는 미칠 것 같을 때도 있죠. 납득이 안 간다는 스트레스가 인간에겐 그렇게 큰 괴로움이라는 겁니다.

영화를 좋아하는 저에겐 소원이 하나 있었습니다. 언젠가 아무도 없는 극장에서 어떤 방해도 받지 않으며 영화를 보는 것이었죠. 그런데 놀랍게도 몇 년 전에 그 소원이 현실이 된 거예요. 〈킹스맨〉 아시죠? '매너가 사람을 만든다.' 그 영화를 보러 동네 CGV에 저녁 8시가 넘어서 간 적이 있는데 진짜로 관객이 딱 저 한 사람밖엔 없더라고요.

그래서, 그렇게 바라던 소원이 이루어져서 저는 좋았

을까요?

어떨 것 같으세요. 불 꺼진 공간에서 밤에 혼자 영화
를 보면.

기대와 달리 저는 영화에 집중하지 못했습니다. 나를
성가시게 하던 다른 관객들이 없으면 마냥 좋을 줄만
알았는데 막상 현실이 되고 보니 그렇지가 않더라고
요. 그 크고 어두운 공간에 아무도 없으니깐 괜히 무
슨 기척만 나도 놀라 돌아보게 되고, 맨 뒤에 앉았는
데도 내 뒤에 누가 또 있는 것만 같아서 도무지 영화
를 볼 수 없었죠. 그러다가 약간의 반전이 일어난 건
영화가 시작한 지 한 15분쯤 지나서였습니다.

　어떤 여성분과 남성분이 들어오더니 저 앞쪽에 앉
는데, 보니까 직원 유니폼 같은 걸 입고 있어요. 전 처
음에는 청소라도 하러 온 줄 알았거든요. 그래서 여기
사람 있다고 얘길 해야 하나 이러고 있는데 그냥 앉아
서 영화를 보더라고요. 그때 저는 맨 뒤에 있었기 때
문에 그들과 상당히 떨어진 상태였는데도, 그 넓고 어
두컴컴한 공간 안에 나 말고도 사람이 더 있다는 사실
이 그렇게나 반갑고 위안이 될 줄은 몰랐던 거죠.

그전까지는 나와 함께 앉아서 영화를 보는 모르는 타

인들이 그저 다 불필요하고 성가신 존재라고만 생각했는데 그때 안 거죠. 아, 타인이란 존재는 결코 없어질 수도 없고 없어진다고 해서 좋은 것도 아니구나. 그들이 있어야 나도 살아갈 수 있구나. 뭐 그런 깨달음이었던 건데, 잠시 후 그 깨달음이 무색해지는 또 한 번의 반전이 벌어집니다.

늦게 들어와서 제 마음을 그렇게 따뜻하게 해주던 사람들이 조금 있으니까 불빛이 환하게 비치는 휴대폰을 꺼내서 들여다보고 난리가 난 거예요. 영화 보는데 앞에서 그러고 있으면 얼마나 거슬려요.

그러니까 이 타인이란 존재는 있어도 괴롭고 없어도 괴로운 것이더라. 요즘 뭐 MBTI다 뭐다 하는데 그런 것 아니더라도 사람은 다 자기 유형이라는 게 있는 거잖아요. 때문에 각자 힘들어 하는 관계의 양상도 조금씩은 다를 수밖엔 없을 텐데, 시간상 그 모든 경우를 다룰 수는 없기 때문에 오늘은 그중에서도 저라는 사람을 표본으로 해서, 저는 다른 사람들과의 관계에 있어서 주로 어떤 부분들에 어려움을 느끼는지, 그 어려움들을 어떻게 극복하면서 나름대로 (타인과 어울리며) 살아가고 있는지, 그런 이야기들을 좀 나눠볼까 합니다.

누가 누굴 안다고 믿는 것에 대하여

우선 저는, 제가 특히 좋아하지 않는 타인의 태도가 있는데 누가 나를 안다고 믿을 때, 혹은 그렇다고 말할 때 힘이 들거든요. 그건 제가 파악하기 힘든 복잡하고 특이한 사람이어서가 아니라, 인간은 누구든 여러 가지 면을 갖고 있는 복잡다단한 존재기 때문에 그렇습니다. 그래서 그런 믿음은 우선 틀릴 때가 많고요. 특히나 위험한 건, 사람이 누굴 안다고 믿으면 어떻게 될까요. 타인에 대해서 단정을 짓게 됩니다.

이석원은 이런 사람이야.

그런데 아니라면요. 당사자인 내 생각은 다르다면요.

우리는 살면서 무수히 많은 사람들과 직간접적으로 마주치며 살아갑니다. 그리고 그렇게 만나는 사람들에 대해 그때그때 자기 판단과 편의에 따라서 결론을 내리죠. 이 사람은 이런 사람, 저 사람은 저런 사람. 일종의 분류를 하는 거죠. 사람은 누구든 여러 가지 면이 있는데 자기가 본 단편적인 모습만을 가지고, 혹은 어디서 들은 얘기를 근거로 결론을 내리는 거죠.
　예전에 〈언프리티 랩스타〉라는 힙합 서바이벌 프

로그램에서 가수 제시가 이런 말을 한 적이 있습니다. 너희가 뭔데 날 판단하냐고. 마찬가집니다. 누구도 타인을 함부로 규정해서는 안 되는 거거든요. 그런데 우리는 끊임없이 그런 행위를 하면서 살아가죠. 왜? 남을 평가하고 판단하는 일은 재밌거든요. 그리고 그 재밌는 일을 더 빨리 더 많이 하기 위해서는 그 방식이 최대한 간편해야겠죠.

박찬호라는 야구선수가 있습니다. 한국인 최초의 메이저리거로서 아주 상징적인 인물이죠. 그런데 이분의 다른 많은 업적은 제쳐두고, 가장 부진했던 시절만을 콕 집어서 소위 '먹튀'라고 부른다면, 그것이 한 인물에 대한 정당한 평가가 될 수 있을까요? 한마디로 돈값 못 한 사람이란 뜻인데요. 지금 우리가 살아가고 있는 이 시대는 이처럼 타인의 어떤 행위에 대해서, 심지어는 한 인물의 삶 전체에 대해서까지도 그저 문장 하나, 단어 하나로 뭉뚱그려버리는 세태가 만연해 있습니다. 저는 이러한 행위를 요약의 폭력이라고 부르는데요. 이런 태도가 특히나 폭력적인 이유는 수정을 하지 않는다는 점에서 그렇습니다.

여러분, 저는 지금 굉장히 중요한 얘기를 하고 있는데요. 사람이 살면서 어, 내가 잘못 생각했구나, 하고 자기 판단을 수정할 수만 있어도 우리가 사는 이 세상이 지금과는 굉장히 다른 모습일 거라고 생각하거든요. 그런데 많은 경우 사람들은 타인에 대한 판단을 너무 쉽게 할뿐더러 한 번 내린 결론은 거의 바꾸지 않습니다. 법원만 해도 삼심제도라 해서 세 번의 기회를 주는데 우리 개개인은 타인에 대해서 하루에도 몇 번씩 자기 안에서 법정을 열면서도 한 번 판결 내리면 끝. 되돌리지 않죠.

사람은 변할 수 있는데. 설령 어렵더라도 그럴 가능성을 포기하면 안 되는데.

저는 그래서 사람은 변하지 않는다는 말을 쉽게 하는 사람들을 별로 신뢰하지 않습니다. 타인의 변화 가능성을 그렇게 쉽게 일축할 수 있는 사람이 자기 자신인들 더 나은 사람으로 변화시킬 수 있을까요? 오늘보다 나은 내일을 만들어갈 수 있을까요?

이런 이유로 저는 누가 누굴 안다고 믿는 행위를 별로 좋아하지 않는 것인데, 여기서 한 가지, 그렇게 내가 싫어하는 태도를 가장 많이 보이는 게 누구냐. 스쳐 지나가며 잠깐 알았던 사람들이 아니라 가족, 친구, 오래된 지인 등 내 가장 가까운 사람들이 주로 그럽니다.

물론, 그렇게 가까운 사이인 나의 절친이나, 부모

형제가 나를 모른다고 할 수는 없겠죠. 그러나 확신해서는 안 된다는 거예요. 여러분은 여러분의 부모님이나 형제, 혹은 배우자가 여러분에 대해서 얼마나 안다고 생각하세요? 또 여러분은 세상에서 나와 제일 가까운 사람들에 대해서 얼마나 정확히 알고 있을까요. 그들의 고통과 고민과 욕망과 행복에 대해서.

지금부터 그 얘기를 한번 해볼까 합니다.

너 때문에 이렇게 됐어

얼마 전에 있었던 일인데요. 밤 12시가 넘어서 엄마한테 전화가 온 거예요. 보통 그런 늦은 시간에 연세 드신 부모님한테서 전화가 오면 자식들은 놀라잖아요. 무슨 일이라도 생겼나 싶으니까. 그래서 제가 엄마 왜 그래, 무슨 일이야, 그랬더니 하시는 말씀이, 너희 아버지 때문에 못 살겠으니까 병원을 좀 소개시켜달라 이거예요. 신경정신과 좀 데려다달라고.

저희 부모님 연세가 올해 여든둘, 여든넷이세요. 결혼해서 같이 사신 지는 60년이 넘으셨고요. 그런데 아직도 사네, 못 사네 하시는 건데요. 저희 부모님께서는 오랫동안 준비했던 집안의 숙원 사업 같은 게 있으셨습니다. 그것만 되면 두 분 노후 대비는 물론이고…… 아무튼 규모가 좀 있었던 건인데 이게 성사 직전에 틀어진 거예요. 부자 되기가 쉬운 게 아니잖아요.

그래서 그전까지는 그래도 두 분 금실이 꽤 좋은 편이셨는데 그 일이 틀어지고 나서부터 제일 안 좋은 걸 하게 됩니다.

너 때문에 이렇게 됐어. 너만 아니었으면 성공할 수 있었는데.

서로의 탓을 하게 된 거죠.

여러분께 여쭙고 싶은 게 있는데 사람과 사람 사이에 제일 중요한 게 뭘까요. 신뢰? 배려? 아니요, 이걸 하지 않으면 신뢰고 배려고 사랑이고 할 수 있는 기회조차 사라집니다. 그게 뭐냐면, 많이들 들어보셨을 거예요.

거리 두기. 이 네 글자.

바이러스 때문에 하는 거리 두기 말고, 사람과 사람이 서로 건강하게 불필요한 오해나 갈등 없이 가능한 한 오래 관계를 유지할 수 있도록 물리적, 시간적, 그리고 심정적으로 거리를 두는 것. 이게 이 세상 모든 관계에 있어서 가장 중요하다고 저는 생각합니다. 그런데 결혼이란 건 뭐죠? 이렇게 관계에 있어서 가장 중요한 부분을 스스로 포기하는 일이잖아요. 우리? 거리 두기 같은 거 필요 없어. 이제부터 영원히 한집에서 같이 살 거야.

그렇게 사랑해서, 혹은 뭐 나이가 차서, 남들도 하니까 등등의 이유로 결혼을 감행하게 되면, 어떨까요. 아마도 두 사람의 인생에서 가장 크고 높고 거친 파도를 만나게 될 가능성이 대단히 크겠죠.

왜냐고요? 사람은 다른 사람과 너무 가까이, 혹은 너무 오래 붙어 있으면 반드시 문제가 생깁니다. 없던 문제도 생기죠. 사랑으로 극복? 쉽지 않습니다. 사랑은 문제 해결의 열쇠라기보다는 문제를 유발하는 원인에 더 가까운 것이거든요.

그래서 사랑을 하면 마음이 편안해지는 게 아니라 오히려 더 힘이 들 때가 많죠. 사람은 누굴 좋아하면 바라는 게 생기기 때문에. 그래서 아무 감정 없는 동료와 회사에서 종일 같이 있는 것보다 서로 사랑하는 부부가 한집에서 종일 붙어 있으면 훨씬 더 많은 일들이 생기게 되는 거죠.

그래서 제가 책에도 쓴 겁니다. 상처란, 모르는 남이 아닌 주로 가까운 사람에게서 더 많이 받는 법이라고.

언제나 거리를 둔다

물론, 결혼이나 동거를 한다고 해서 다 그렇게 되는 건 아니겠죠. 늘 함께 있어서 오히려 행복한 사람들도 어딘가 있겠죠. 그러나 어떤 일이든 그런 예외의 경우를 목표로 두고 실행을 하면 실패의 확률은 높을 수밖에 없습니다. 그리고 제가 말하는 거리 두기의 중요성은 부부나 연인뿐만이 아니라 가족, 친구, 지인 등 거의 모든 관계에 해당하는 것이거든요.

친한 친구와 여행 가지 말라는 말 들어보셨을 거예요. 가서 평소보다 오래 붙어 있다 보면 평소 안 보이던 것들이 보이고 그럼 확률적으로도 다툴 일이 많아질 수밖엔 없거든요.

얼마 전에 친한 친구랑 여행을 간 적이 있습니다. 부산으로 가는 KTX를 탔는데 이 친구가 열차에 오르더니 창가 쪽 자리에 자기 가방을 던지면서 그러는 거예요. 내가 여기 앉을래. 일종의 찜을 한 건데, 사실 전 어디에 앉건 상관이 없었기 때문에 걔가 자기 가방을 던지는 그런 짓을 하기 전까지는 아무 생각이 없었거든요. 그런데 그 행동을 목격하는 순간, 뭔가 내 기분이 미묘하게 일그러지더라는 거죠.

아니 왜 그걸 지 맘대로 정해? 나도 바깥 풍경 보면서 가고 싶을 수도 있는 건데.

제가 이런 말을 하면 어떤 분들은 그러세요. 작가님, 그래서 저는 친구나 가족이랑 여행을 가면 낮에는 따로 다니다가 저녁에만 만납니다. 그럼 탈 날 일이 없거든요.

어떤 분들은 그렇게 따로 다닐 거면 뭐 하러 같이 여행을 가냐고 하실 수도 있겠지만, 가까운 사람과 여행을 가면 저렇게 각자 다니다가 합치는 식으로 여행을 하는 분들이 꽤 많습니다. 종일 붙어 다니면 아무래도 갈등이 생길 수 있잖아요. 나는 여기에 좀 가

보고 싶은데 쟤는 호텔에 가서 쉬고 싶다고 하면 어떡해요. 그러니까 서로 스트레스 받지 않고 원활한 시간을 보내기 위해서는 둘이 간 여행에서조차 적절히 거리를 둘 필요가 있는 거죠.

어렸을 때 제일 많이 싸운 게 누구세요? 같은 반 친구? 아니죠. 한집에서 붙어 사는 형제지간끼리 제일 많이 싸웁니다. 혼자 자란 분들은 잘 실감을 못 하시겠지만 자매고 남매고 형제고 간에 피가 섞인 사이라야 그 피가 터지도록 싸웁니다. 우리의 인격이 모자라서가 아니에요. 인간이란 생명체는 원래 한 공간에서 붙어 살다 보면 갈등이 생길 수밖에 없도록 만들어졌거든요.

저는 예전부터 잘 이해가 가지 않았던 말이 육이오 얘기만 나오면 어떻게 피를 나눈 동족끼리 총부리를 겨눌 수가 있느냐 그러는데, 피를 나눈 동족이라 싸우는 거거든요. 피 안 섞이고 붙어 살지 않았으면 싸울 일도 없었죠. 싸움이 정당하다는 게 아니라 원인에 대해서 이야기를 하고 있는 겁니다.

북극의 에스키모들하고 우리하고 싸울 일이 있나요? 다 붙어 사는 나라들끼리 지지고 볶고 싸우는 거지. 거창하게 무슨 지정학적 원인을 찾기도 하지만 결국엔 우리가 머리끝에서부터 발끝까지 사상도 체제도 신념도 이익도 모두가 다 다른 존재들이기 때문에, 크게는 국가에서부터 작게는 한 개인에 이르기까지 거리를 두지 않고 붙어 있는 한 인간은 매사에 엇갈리고 갈등이 있을 수밖엔 없다는 것이죠.

부부의 거리

그만큼 거리 두기란, 결혼해서 한집에 사는 부부에게
조차 필요하다는 건데, 저희 부모님처럼 연세가 드신
분들은 그게 어렵잖아요. 바깥에 나가서 뭘 할 수 있
는 여력이 안 되다 보니 집에서 둘이 내내 붙어 있어
야 하는데 그럼 또 싸울 수밖엔 없죠. 남들은 평생을
같이 살았는데 아직도 싸울 일이 있냐고 하지만 평생
산 중에 제일 오래 붙어 있으니까 싸우는 거거든요.

자, 그렇게 해서 이제 다툼이 벌어지면 아버지는
고정 레퍼토리로 너 때문에 우리가 이렇게 됐어 어쩌
고 하면서 엄마 탓을 하시는 거고, 그럼 엄마는 뭐냐.
엄마의 불만은.

집 바깥의 일은 은퇴라는 게 있죠. 평생 땀 흘려 일
하셨으니 이제는 집에서 쉬시면서 편히 노후를 즐기
시라. 그런데 집 안의 일, 다시 말해 가사 노동은? 살
아 있는 한 영원히 은퇴가 없습니다. 몸을 움직일 수
있는 한 인간은 죽기 직전까지 자기가 먹을 밥을 짓
고 입을 옷을 빨고 사는 공간을 쓸고 닦아야 합니다.
이것은 누구도 예외가 없는 일이어서 성인이라면 나
이 성별 불문하고 반드시 지켜야 할, 사람으로서의
아주 기본적인 도리라고 할 수 있죠.

그런데 그 기본적인 도리를 저희 아버지는 한다 안한다? 안 하시죠.

젊어 바깥에서 일하실 때는 불합리했지만 그렇다 칩시다. 1938년생이시니까 육이오 전에 태어나셨잖아요. 막말로 전쟁도 겪으신 분이고 그때는 그야말로 너무도 강고한 가부장의 시대였기 때문에 당연히 다들 그래야 되는 줄 알고 살았으니까 그렇다 치는데, 집에 계시는 지금은 그럼 왜 안 하실까. 이게 이해가 안 가는 거죠. 왜 아빠는 은퇴가 있는데 엄마는 은퇴가 없는 걸까.

저희 집은 부모님 두 분 다 평생 왕성하게 바깥일을 하셨습니다. 물론 엄마는 다른 결혼한 여성들이으레 그랬듯 집안일도 병행을 하셨지만요. 그런데 젊어서는 워낙에 에너지가 넘치셨기 때문에 힘들고 불합리하더라도 어쨌든 두 가지 일을 다 하실 수가 있었는데, 이제는 엄마도 나이가 많이 드셨잖아요.

저희 어머니가 책을 너무 좋아하시는데 손으로 책을 들고 있기가 힘이 들어서 책을 삼등분 사등분 찢어 읽으세요. 조금이라도 무게를 줄이려고 그러시는건데, 그런 분이 혼자서 그 많은 집안일을 어떻게 감당하시겠어요.

그래서 이제 그날 밤도 그놈의 밥 때문에 두 분 사

이에 대판 싸움이 난 건데요. 제가 코로나19 때문에 가지 않던 부모님 댁을 엄마 전화를 받고 새벽에 달려갔거든요. 가서 이야기를 밤새 들어드리고 보니 뭐 엄마 하는 말씀이 구구절절 다 맞죠. 엄마는 평생 분명한 가부장제의 피해자이자 희생자셨고 너무나 가부장인 아버지가 이제 와서 나름대로 노력을 한다고 해도 그게 성에 차실 리는 없는 것이죠. 그래서 엄마가 그 나이까지도 너무 힘든 걸 알겠는데, 다만, 오늘의 주제가 저희 어머니의 그런 고단함에 대한 것은 아니라서요. 이제부터가 진짜 주제와 연결되는 부분이 되겠습니다만, 엄마가 아버지 얘기를 쭉 하다가 그러시는 거예요.

얘, 내가 네 아버지를 모르니? 근데 네 아버지는 나를 너무 모르더라.

자, 이제 그게 나온 거죠. 나는 저 사람을 안다고 확신하는 거. 그러면서 무서운 건 또 저 사람은 자길 모른다고 확신을 해요. 확신이 뭐죠? 의심 없이 단정적으로 믿어버리는 거. 돌이키지 않는 거.
　뭐냐 하면 두 분이 다툴 때 서로를 원망하면서 나오는 옛 기억이 너무 다른 거예요. 인간은 누구나 자기 유리한 쪽으로 기억을 하기 마련이니까 그럴 수 있는 일인데 막상 내가 그런 상황이 되어보면 또 황당하거든요. 다들 자기 기억이 맞다고 생각을 하니까.

그래서 엄마가 평생 부부로 살아온 두 사람의 기억이 어떻게 이렇게 다를 수가 있을까, 막 한탄을 하시는데, 저는 그런 엄마가 너무 안됐고 딱한 것과는 별개로 그때 조금 놀랐습니다. 왜냐하면 저도 첫 책을 냈던 13년 전에 엄마에 대해서, 지금 엄마가 아버지한테 느꼈던 그것과 똑같은 의문을 가진 적이 있거든요.

평생을 부모 자식 간으로 살아왔는데 어떻게 이렇게 서로의 기억이 다를 수 있을까.

기억

저는 매우 오래전, 초등학교 때부터 정신과 치료를 받았습니다. 불행히도, 지금 어린 초등학생들에게는 드문 일이 아니겠지만, 40여 년 전 그것도 강남이 아닌 강북의 공립 초등학교에서 그런 생활을 하는 아이는 전교에서 저밖엔 없었죠. 매일 학교가 파하면 피아노, 미술, 수영, 영어 등등 하루에도 너덧 개씩 학원을 가고, 그걸 다 마치고 집에 오면 또 다락방에 올라가서 그때부터 문제집을 풉니다. 이 세상의 모든 문제집을. 심지어 선생님들이 보는 교사용 문제집까지 다 풀었죠. 그러면 애가 어떻게 될까요. 어느 날 그렇게 문제집을 풀다가 쓰러져서 소아정신과에 실려 가게 됩니다.

자, 여기서 무서운 얘기. 자식이 어려서 소아정신과에 실려 간다는 게 사실 작은 사건은 아니잖아요. 그런데 저희 어머니는 그걸 기억 못 하세요. 전혀. 당신 때문에 자식이 병원에 실려 가서 의사한테 더 이상 강제로 공부시키면 아이 죽는다, 라는 말까지 들었는데 그런 사실을 당사자인 엄마는 꿈에도 기억을 못 하는 거예요.

엄마가 기억을 하는지 못 하는지를 저는 어떻게 알았을까요. 13년 전에 제가 첫 책을 냈는데, 자식이 책을 냈다니까 엄마가 좋아서 사 보셨을 거 아니에요. 그런데 당신이 안다고 철석같이 믿어왔던 자식의 모습과 책 속의 제 모습이 너무 다르니까 놀란 거예요. 그러면서 저로서도 정말 놀랍고, 또 잊을 수 없는 한마디를 하십니다.

애, 내가 너한테 진짜로 이랬니?

엄마의 기억 속에 어린 저는 그저 너무 착하고 말 잘 듣던 자식이었기 때문에 그런 어둡고 아픈 일들은 있을 수가 없었던 거죠. 그래서 그때 제가 깨달은 게, 자식으로서 참 외람된 얘기지만은, 아, 이래서 맞은 사람은 기억을 해도 때린 사람은 기억을 못 하는 거구나 하는 거였죠. 사람은 누구든 자기 위주로 기억이란 걸 하게 되어 있으니까.

그런데 말이죠. 저희가 부모 자식 간인데도 이렇게 서로에 대한 기억이 다른 이유는 저의 기질 탓도 있습니다. 엄마 때문에 그렇게 힘이 들었는데도 단 한 번 힘든 내색을 해본 적이 없거든요. 아무리 엄마가 무서웠어도 어떻게 한마디를 못 했을까 싶겠지만, 제 성향이 그렇습니다. 저는 내 앞에 있는 이 사람을 실망시키거나 불편하게 하느니 차라리 괴로워도 내가 힘들고 마는 게 더 나은 사람이거든요. 이해가 잘 안되시죠. 여러분 중에서도 그런 성향을 가진 분들이 분명히 계십니다.

옷을 사러 갔는데 직원에게 미안해서 필요하지도 않은 걸 산다든가, 어떤 부당한 일을 당하더라도 항의하는 순간의 그 불편함을 견디느니 차라리 그냥 내가 손해 보고 참는 게 더 편한 사람들.

심지어 저는 아파서 병원엘 가도 제 솔직한 상태를 말하기보다 의사의 기분을 맞춰주는 데 더 신경을 쓰거든요. 어른이 돼서도 이러는데 어릴 때 그 엄청난 엄마의 열망을 제가 무슨 수로 거부할 수 있었겠어요. 쓰러져서 병원으로 실려 갈지언정 나는 내 솔직한 마음을 절대 고백 못 하는 거죠. 그게 상대를 실망시키거나 불편하게 하는 거라면.

자, 그래서, 우리는 이런 저의 일화에서 사람을 대할 때 거리 두기만큼이나 중요한 원칙 하나를 또 발견할 수가 있습니다. 바로 거절을 할 줄 알아야 된다는 것인데요. 싫으면 싫다. 못 하겠으면 못 하겠다. 사실 그것만 잘해도, 인간관계에서 받는 대부분의 스트레스를 없앨 수 있거든요.

거절의 기술

한 10년 알고 지내던 지인이 있었습니다. 친구처럼 편하지는 않지만 오히려 그래서 더 관계가 돈독했던 사이였죠. 왜 사람이 너무 친하면 오히려 말이나 행동을 막 해서 탈이 나는 경우도 있잖아요. 그러나 이분과는 절대 그럴 일이 없어서 오히려 더 신뢰가 형성된 그런 관계였는데, 어느 날 이분이 자기 일을 좀 도와달라는 거예요.

친한 친구와는 여행을 가지 말라는 말이 있는 것처럼 아는 사람이랑 일을 같이 하는 것도 위험하거든요. 계속 말씀드리지만 관계는요, 누구든 평소 유지하던 거리를 조금이라도 좁히는 순간, 그게 여행이 됐든 일이 됐든 사고의 위험은 커집니다.

물론 저도 아는 분과 일을 같이 하면 위험하다는 생각은 있었지만, 성격상 거절을 못 하기도 하고 돕고 싶은 마음도 있어서 참여를 하게 됐는데, 그만 상상도 못 했던 일이 벌어지고 맙니다. 10년 동안 내가 알던 그 사람이 어디로 그냥 사라져버린 거예요. 서로 진짜 너무 정중해서 탈 날 일이 일절 없던 분이었는데, 같이 일을 하게 되니까 새벽 3시에 전화를 해서 사람을 깨우질 않나 어떨 땐 신경질까지 부리니까 저는 너무 놀란 거죠. 내가 알던 그 예의로 똘똘 뭉쳐 있던 분이 대체 어디로 갔지?

자 그러면, 일단 문제는 생겼으니까 그건 이제 되돌릴 수가 없는 것이고, 그렇다면 수습이라도 잘해야 하는데, 저처럼 거절을 잘 못 하는 사람들은 문제가 생기면 그걸 해결하려는 중간 과정 없이 바로 손절의 단계로 가버리거든요. 일단은 만나서 나 이런 부분들이 힘들고 서운했다, 이게 나만의 오해인 것이냐 묻고 대화를 해야 하는데, 어떤 사람에게는 그렇게 남한테 자기 속마음을 털어놓는 일이 죽기보다 어려울 수가 있는 거거든요. 그런 대화를 하는 순간의 그 불편한 공기를 참느니 차라리 인연을 끊는 게 더 낫겠다고 생각을 한다는 거죠. 또 애초에 그런 게 가능했으면 내키지 않는 일은 거절을 할 수 있는 용기도 있었을 테고요.

여기서 중요한 거. 관계에 있어서 솔직함은 절대 만병통치약이 아닙니다. 아무나 붙잡고 솔직해야 한다는 명분으로 자기 마음을 막 얘기해버리면, 관계가 그걸로 그냥 끝나버릴 수도 있어요. 심지어 그게 가족 간이라고 해도 말이죠.

그래서 솔직한 고백도 사람을 봐가며 해야 한다는 건데, 문제는 그렇다고 이런 식으로 다 손절을 하다 보면 어떻게 세상을 살겠습니까. 그럼 인생이라는 극장에서 또 저 혼자 영화를 봐야 하는데, 그건 너무 무섭고 외로운 일이잖아요.

고민을 했어요. 이제는 저도 나이를 먹었고, 무엇보다 우리가 쌓아온 세월이 있는데 이렇게 대화 한 번 없이 연을 끊는다는 건 아무리 생각해봐도 아닌 것 같아서 결국 제가 용기를 냈고 오해는 풀렸습니다만, 그 과정에서 놀란 게 하나 있습니다. 저한테 도움을 청했던 그분이 다른 분한테도 도와달라고 부탁을 했거든요. 그런데 그 부탁받는 분은 저와 달리 그 자리에서 딱 거절을 하더라고요. 근데 제가 왜 놀랐냐면 구질구질하게 사정 얘길 꾸며내는 것도 아니고 그냥 죄송하다 못 도와드리겠다 딱 한마디 하는데 누구 하나 얼굴 붉히지 않고 상황이 너무 편안한 거예요. 거절을 당했다고 실망하는 사람도 없고 거절을 했다고 불편해하는 사람도 없고. 그 둘의 관계는 그 뒤로도 아무 탈 없이 계속 좋게 흘러가더라는 거죠.

그렇다면 나는 뭐냐. 왜 누구는 저렇게 거절을 해버리는데도 관계에 아무 문제가 없는데 나는 돕겠다고 나섰다가 고생은 고생대로 하고 안 좋은 일만 겪었을까. 그때 절실히 깨달은 거죠. 아, 거절을 잘해야 인생이 저렇게 편안한 거구나.

그걸 할 수 있는 용기와 상대방이 기분 나쁘지 않게 거절할 수 있는 스킬.

그게 중요하더라는 거죠.

아버지의 비밀

결국 거리 두기와 거절 이 두 개만 잘해도 인간관계에서 오는 스트레스를 상당 부분 줄일 수가 있다는 것인데, 사실 어떤 문제의 답이 너무 간단하면, 그건 현실에 적용하기 쉽지 않은 경우가 많습니다. 왜냐하면 해법은 단순해도 이 세상은 단순하지가 않기 때문이죠.

단순하지 않은 정도가 아니라 어떨 때는 누가 나를 괴롭히려고 일부러 각본을 짠 것 같다는 생각이 들 때도 있는데요. 이 친구랑 얘기하면 재밌고 말도 잘 통하고 관심사도 비슷하고 유머 코드도 잘 맞는데 딱 한 가지. 성격이 조금 이상해요. 그래서 그 모든 장점들을 다 뒤집을 만큼 이상한 말을 해서 사람 속을 긁죠. 그럼 이제 화도 나고 하니까 에이 다신 안 봐야지, 하다가 시간이 지나면 또 찾게 됩니다. 보면 또 재밌고, 이만한 친구가 없거든요. 그래서 웃고 떠들고 놀다가 또 어느 순간 기분이 나빠지죠. 이게 무한히 반복됩니다. 그래서 사람이 누구를 진짜로 손절하기까지는 시간이 오래 걸리는 법이거든요.

반대로, 너무 착해서 나한테 해될 일은 절대로 하지 않을 무해한 친구가 있다고 쳐봅시다. 근데 애랑 놀면 재미가 없어요. 내가 한 얘기를 어디 가서 전하지도 않을 성격이고, 내 입장에선 너무나 안전한 사람이지만, 이 사람과는 관심사를 나누거나 내 고민을 털어놓을 수가 없는 거예요. 왜냐하면 해봤자 맨날 뻔한 얘기 의례적인 얘기밖엔 못 해주니까. 나를 긁는 그 못된 친구가 갖고 있는 예리함이나 센스가 이 친구한텐 없으니까 같이 있어도 신이 안 나는 거죠.

친구란 뭐다? 만나러 갈 때 신이 나야 친구거든요. 그런데 신이 나고 재밌는 친구는 나를 힘들게 하고, 별로 힘들 게 하지 않는 친구는 재미가 없고. 그러니까 앞에 그 친구를 그만 만나야지 그만 만나야지 하면서도 관계를 끊지 못하는 거죠. 그래서 세상일이 단순하지가 않다는 거죠.

저희 부모님만 해도 그렇습니다. 이 사람하고 못 살겠으면 안 살면 되는데 못 헤어지거든요. 답이 그렇게 간단한데 왜 실천을 못 할까요. 두 분이 평생 같이 보낸 60년이라는 세월의 무게가 결코 가볍지 않으니 그러는 것 아니겠습니까?

자, 그래서 시계는 다시 2022년으로 돌아옵니다. 엄마와 자식인 제가 있고, 엄마와 부부인 아빠가 있는데, 이 가족이라는 연으로 얽힌 사람들의 기억은 모두 다르고, 우리는 이 좁은 집 안에서 평생을 붙어 산 대가로 서로 알게 모르게 피해자가 될 때도 있고 가해자가 될 때도 있었죠. 결코 관계에서 일방적인 건 없습니다. 물론 편차는 있겠지만. 그런데 이런 사실을 늘 강조하는 저조차도 다시 한번 그 점을 깨닫는 일이 생기는데요. 엄마가 하도 힘들다고 하셔서 부부 상담 잘하는 곳을 수소문해서 보내드렸거든요. 그런데, 거기서 받은 상담 과정에서 엄마는 물론이고 저조차도 잊고 있던 놀라운 사실 하나를 알게 됩니다. 아버지의 잊혀진 비밀에 대해서.

전에 두 분의 사업이 잘 안 되면서 아버지가 큰 고초를 겪으셨거든요. 그래서 당시에는 그 일을 수습하기 위해서 온 집안 식구들이 뛰어다녔어요. 시간이 한 10년 넘게 흐르고 나자 다른 가족들은 그때 일을 다 잊고 지낼 수 있었지만, 아버지는 본인 일이니까 결코 잊으실 수가 없었던 겁니다. 그 상담사 선생님이 엄마한테 그러더래요. 당신 남편은 그 일로 여전히 마음에 3도 화상을 입은 상태다. 그 얘기를 하는데 엄마도 그렇고 저도 그렇고 아…… 싫었던 거죠. 그건 너무 아픈 일이었기 때문에.

　그러니까 엄마는 당신이 아버지에 대한 모든 걸 안

다고 확신하면서도 아버지의 상처가 여태껏 남아 있다는 사실을 몰랐던 거고, 저 역시, 두 분 사이에 분쟁이 생기면 항상 아버지 탓만 해왔거든요. 그러다가 저도 몰랐던 아버지의 상처를 알고 나니까, 뭐 그렇다고 아버지가 어머니를 대하는 태도가 정당했고 이제 아버지를 완전히 이해하게 됐다 이런 건 아니지만, 그래도 일말의 연민은 갖게 됐죠. 그래서 그 상담 후에 아버지를 마냥 미워할 수만은 없게 되다 보니, 무서운 건 엄마도 그렇고 저도 그렇고 우리 두 사람의 마음이 조금 편해지더라고요. 이유가 뭐가 됐든 남을 미워하고 원망한다는 건 우선 나 자신에게 타격을 입히는 일이더라는 거죠.

그 말은 바꿔 말하면 누굴 미워하지 않게 된다는 건 결국 나를 살리는 길이기도 하다는 것인데, 그래서 이 사람과 사람 간의 일이라는 것은 정말 간단한 게 아닌 것 같아요. 누가 누굴 알고 이해한다는 건 어쩌면 평생이 걸릴 수도 있는 긴 여정이기 때문에.

어머니의 사정

앞서 말한 바를 정리하자면 세상의 모든 개인적인 관계 속에서 절대성이란 존재하기가 어렵다는 겁니다. 모든 관계는 상대적이고 상호적이기 때문에 나의 입장과 너의 기억이 얼마든지 다를 수 있으니까요. 지금 관계의 상대성에 대해 말씀드리고 있는데, 저희 어머니 역시 자식 교육에 그렇게까지 광적으로 몰입을 했던 이유를 생각해보면 또 그 나름의 이유와 배경이 있는 거예요. 그 옛날에, 그렇게나 공고했던 가부장제하에서 열한 식구 대가족의 맏며느리로 시집와서 보냈던 그 고된 시간들이 엄마의 뒤틀린 욕망에 영향을 주지 않았다고 말할 수 있을까요? 또 저도 부모에 대해서 끊임없이 바라는 게 있었습니다. 내 부모가 돈이 더 많았으면 좋겠고 더 잘나갔으면 좋겠고 (그러면서 나한테 간섭은 안 했으면 좋겠고). 온갖 바라는 건 많았지만 정작 나 역시 엄마가 바라던 자식이 되지는 못했죠. 당신의 기대와는 완전히 반대의 삶을 살았으니까.

물론 부모 자식 간이라고 해도 서로 바라는 게 없어야 맞는 건데 그런 것도 어찌 보면 쉽지 않은 이상적인 얘기인 것이고……. 아무튼 그래서 우리는 남이 아닌 가족이기 때문에 서로를 잘 안다고 믿는 그 착

각이 상처를 부르기도 하고, 또 사랑하면 바라는 게
생기다 보니까 갈등도 생기고, 그렇게 된다는 거죠.
그게 심하면 이제 비극으로 가는 것이고.

수정에 대하여

지금까지 관계가 주는 고통에 대해서, 그중에서도 특
히 타인을 함부로 안다고 믿는 것의 위험함에 대해서
말씀드렸습니다. 그것이 왜 피해야 할 태도이며 어째
서 타인에게 폭력이 될 수 있는지에 대해서요.

　제가 이런 말씀을 드리면 어떤 분들은 그러세요.
아이, 그럼 이렇게 바쁘고 정보가 넘치는 세상에서
어떻게 그렇게 타인에 대해 하나하나 세세히 살피면
서 판단을 하냐. 살다 보면 남을 판단하고 규정할 수
밖에 없는 일들이 부지기수로 생기는데. 네 맞습니
다. 그래서 아까 제가 뭐라 그랬죠? 안다고 믿는 것은
좋다. 그러나 확신하지는 말자. 내 부모, 형제, 친한
친구라도 내가 모르는 부분 혹은 잘못 알고 있는 부
분이 있을 수 있겠구나, 정도는 생각하며 살자는 거
죠. 타인에 대해서 아예 판단을 하지 말자는 게 아니
라 단지 조심하자는 겁니다. 그런데 지금 우리 사회
는 타인과 세상에 대해서 너무 쉽게 안다고 생각하는

경향이 점점 더 짙어지고 있거든요.

요즘 유튜브 같은 곳 보면 두 시간짜리 영화를 10여 분으로 요약해서 보여주는 영상들이 많습니다. 놀랍게도 그런 영상을 보고 자신이 한 편의 영화를 온전히 보았다고 여기는 경우도 많더군요. 그뿐만 아니라 뉴스든 책이든 가능한 한 짧게, 너무 긴 시간 집중하지 않아도 될 만큼 요약 정리된 콘텐츠가 점점 더 각광을 받고 있죠. 이렇게 모든 것을 손쉽게 요약해서 받아들이는 풍토가 지속되면, 과연 같은 사람, 즉 타인에 대해서는 그러지 않는다는 보장이 있을까요?

요약이라는 건요, 당장 받아들이기에 간편할지는 몰라도 필연적으로 오해와 단정을 부를 수밖에 없습니다. 글에는 행간이 있고 맥락이라는 게 있는 건데 그걸 다 생략하고 핵심만 남긴다? 지금 문제집을 푸는 게 아니잖아요. 그런데 300페이지짜리 책 한 권을 한두 개의 문장으로 압축하듯, 수십 년 사람의 인생 역시 한두 마디 말로 요약한다고 생각해보세요.

저는 우리가 이미 그런 몰이해가 넘치는 세상에서 살고 있다고 생각을 하는데, 이런 행위들이 점점 더 만연하게 되면 우리가 사는 세상은 결국 어떻게 될까요. 인간은 타인에게 자신이 원하는 방식으로 충분히 이해받지 못하고 있다고 느낄 때 큰 정신적 고통을 느낍니다.

때문에, 타인을 대하는 우리의 태도가 지금과 같은 한, 고통은 계속될 것이다.

저는 그렇게 보는 거죠.

이해의 세계

이제 이야기를 마쳐야 할 때가 온 것 같습니다. 우리가 겪는 이 관계의 고통은 제아무리 학식이 대단하고 위대한 인물이라고 해서 해결을 해줄 수 있는 게 아니거든요.

오늘 아침에 제가 겪은 일 하나를 말씀드려볼게요. 저는 연락을 할 때 스트레스를 많이 받는 편인데요. 아침에 일 때문에 어떤 분과 처음 연락을 주고받았습니다. 몇 통의 문자가 오간 끝에 그럼 언제 어디서 봅시다, 하고 결론이 났고, 그 결론을 정리해서 담은 문자가 왔어요. 그래서 제가 알았다 그럼 그때 뵙겠다 오늘 하루 잘 보내시라 하고 끝인사를 보냈는데 답이 없는 거예요.

내가 아는 상식으로는 이런 경우에 '네, 석원 님도

잘 보내세요'라든가 뭔가 답례가 와야 비로소 대화가 종결이 되는 것으로 알고 살아왔는데 이분은 왜 그게 없을까? 기다리면 올까? 아니면 이것으로 끝인 걸까? 이건 이 사람의 스타일일 뿐인데 내가 괜한 신경을 쓰는 걸까? 하지만 인사는 같이 해줘야 맞지 않나? 내가 마지막에 물결 표시를 안 해서 화가 났나?

인간의, 타인과의 소통에서 생기는 스트레스라는 게 이렇게나 이유가 사소하고 하찮은데 이걸 어떻게 소크라테스가 해결해주고 부처님, 공자님이 해결을 해줄 수 있을까요. 못 해요. 못 합니다. 절에 들어가서 10년 도를 닦아도 못 하고 세계문학 전집 전권을 외울 때까지 읽어도 해결이 안 납니다. 절대.

　우리는 살아가면서, 원하든 원치 않든 타인에 의해 규정당할 수밖엔 없고 그건 내 의지와 노력으로 막을 수도 없거니와, 그 내용을 내 마음대로 수정할 수도 없습니다. 그래서 우리 모두가, 서로가 서로의 거울임을 인정한다면, 결국 내가 이해받고 싶은 대로 타인을 이해하는 수밖엔 다른 도리가 없다고 저는 생각합니다. 이 이해의 세계라는 것은, 내가 부자가 되고 싶으면 내가 아닌 타인을 부자로 만들어주어야 하는 그런 희한한 구조의 세상인 거죠. 내가 바라는 걸 남에게 주어야 결국 그게 나에게도 돌아오는 방식. 그런 룰이 적용되는 세상. 이해의 월드. 이해되세요?

그러므로 내가 이해받고 싶은 만큼 타인도 이해하자. 왜, 그게 함께 어울려 살아가는 세상에서 가질 수 있는 최소한의 윤리니까.

오늘 여기까지 하겠습니다. 감사합니다.

○ 어떤 사람이 제게 기분 나쁜 말을 했을 때, 그 사람을 한 번에 판단해도 될까요? 평소에는 그런 편이었는데 타인에 대한 판단은 신중하게 해야 한다는 말씀이 걸려서요.

● 내 기분을 나쁘게 한 그 사람이 누구인지, 나와는 어떤 관계인지에 따라 다를 것 같아요. 오래 잘 지내온 사람이라면 당연히 신중하게 판단을 해야겠죠. 그렇지 않고 평소 그런 말을 종종 하는 친구라든가, 혹은 손님과 직원 사이라서 한 번 보고 말 사람이라면, 얘기가 조금은 달라지지 않을까요?

저는 어떤 경우든 기본적으로 사람 때문에 기분이 상하거나 뭔가 부정적인 감정이 들면 일단 저를 먼저 살핍니다. 왜냐하면 저는 분명히 남들보다 예민한 사람이기 때문에 나의 과민함으로 인해 불필요한 오해를 하고 있는 것은 아닌지 살피는 과정이 필요하다고 생각하거든요. 또한 이것은 상대를 위한 것이기도 하지만 저 자신을 위한 일이기도 한데요. 어떤 사람의 행위가 나를 자극했을 때 '이게 정말 내가 기분 상해할 일이 맞는 건지, 이걸 내가 마음속에 오래 두고 다니면서 신경 쓸 가치가 있는 일인지' 생각해봐야 하는 이유는, 누굴 싫어하게 되면 일단 내가 손해거든요. 부정적인 에너지를 많이 소비해야 하니까. 그래서 더 신중하게 하려는 것도 있죠.

○ **작가님만의 부드럽게 손절하는 방법이 궁금합니다.**

● 관계에서 손절이라는 걸 너무 쉽게 행해서는 안 되겠지만, 나를 지속적으로 불편하게 하거나 어떤 식으로든 해가 되는 사람이라면 때로는 자신을 위해서 관계를 끊을 줄도 알아야겠죠. 그랬을 때 부드러운 손절이라 함은 내가 원치 않는 사람과의 관계를 종료하되, 최대한 후유증이랄까, 뒤탈이 없는 방법을 말하시는 게 아닐까 하는데요. 그럴 수 있는 완벽한 방법이 있을지는 모르겠지만, 저는 주로 자연스럽게 멀어지는 쪽을 택하는 편입니다.

저 같은 경우 누군가를 보지 않겠다는 생각이 들 때쯤엔 이미 그 사람 때문에 너무 힘들고 지쳐버린 상황이어서 나 이제 당신 안 볼 거라고 굳이 선언하는 또 한 번의 불편한 순간을 견딜 의지와 체력이 남아 있지 않거든요. 그러면 자연스럽게 내 쪽에서 먼저 연락하는 일이 줄어들 것이고, 상대도 바보가 아닌 이상은 그게 뭘 의미하는지는 알겠죠.

물론 이런 경우에 그쪽에서 영문을 몰라 하거나 오히려 자신을 버림받는 피해자로 규정할 수도 있겠지만, 이미 나로서는 그런 게 다 상관없어진 단계로 와버렸기 때문에. 그저 나를 지키는 것만이 중요해져버렸다고 할까. 그렇게 되는 거죠.

○ 작가님은 타인과 불편해지는 게 싫어서 차라리 손해 보는 쪽을 택한다고 하셨는데요. 요즘도 그러시는지 궁금합니다.

● 저는 스스로에게 바라는 게 있으면 당장 그게 되지 않아도 포기하지 않고 계속 그 마음을 안고 삽니다. 가령 남들 눈치 보느라 내가 손해 보는 일을 반복해서 겪으면 이렇게 바보처럼 안 살았으면 좋겠다, 나는 왜 이럴까, 하는 마음이 들잖아요. 그럼 그런 마음을 버리지 않고 계속 갖고 있다 보면 결국 바뀌더라고요. 아직 완전하진 않지만요.

○ 작가님의 어머님께서 아버님 문제로 상담소에 다녀오신 뒤에 작가님께서는 아버지를 이해하게 되었다고 하셨는데요. 저도 아버지와의 관계를 고민하는 입장에서

아버지의 안 좋은 점들을 이해하고 싶은데 좋은 방법이 있을까요.

● 타인의 안 좋은 점을 이해할 길이 과연 있을까요. 저도 아버지를 이해하게 되었다기보다는 아버지에 대해서 약간의 연민을 느끼게 되었다고 하는 게 더 정확한 표현 같습니다. 아버지는 젊어서 제게 가부장으로서의 능력을 보여주기도 하셨지만 은퇴 이후에 집안에서 보여주신 모습들은 많이 실망스러웠어요. 그래서 온전히 이해하기는 사실 어려웠습니다. 심지어 휴지 조각 하나 자기 손으로 버리지 못해 엄마가 대신 버려주실 정도였으니까요.

다른 집 아버지들은 나이가 들면서 바뀌기도 하던데 저희 아버지는 끝내 안 바뀌셨거든요. 그래서 저는 아버지를 바꾸려고 하거나 이해를 하려 하기보다는 그저 내 아버지니까 자식으로서의 연민 같은 것만 놓지 않으려 한달까. 그래서 그 상담사의 말이 저는 차라리 고마웠습니다. 뭐라도 아버지에 대해서 좀 따뜻한 마음을 갖고 싶은데 그럴 거리를 던져준 거니까.

만약 그렇지 않고 저 사람을 이해하지 않으면 안 된다고 생각했으면 너무 힘들었을 것 같아요. 부모와 자식이라는 관계의 특수성 때문에.

○ 제가 사람 대하는 일을 하는데 되게 친절한 편이거든
요. 그래서 그런지 사람들이 저를 얕보거나 함부로 대하
는 경우가 있어요. 그런데 제 동료는 저와 달리 사람들을
약간 건조하게 대하는 편이에요. 그러면 그 친구한테는
사람들이 조심을 하더라고요. 그러다 보니까 저도 저의
기질을 꺾고 좀 건조하고 불친절하게 사람들을 대해야
하나? 그런 생각도 들거든요. 상냥한 기질이 내 장점이
라고 생각하는데 자꾸 그런 일들을 겪다 보니까 나도 속
된 말로 싸가지가 없어져야 하나 그런 생각이 드는 거죠.

● 남의 선의를 악용하는 것처럼 안타까운 경우도 없
는 것 같아요. 타인에게 친절히 대할 수 있다는 건 아
무나 가질 수 없는 좋은 성품이잖아요. 그런데 자꾸 그
렇게 속상한 일이 생기면 저라도 그런 기질을 버리고
싶을 것 같거든요.

다만 저는 조심스럽게 이런 말씀을 드려보고 싶어
요. 삶의 선택지를 항상 이것 아니면 저것, 이렇게 대
비되는 극단의 두 가지로 한정 지을 필요는 없다는 것
이죠. 무슨 말이냐 하면, 타인을 대하는 방법에 친절

아니면 불친절 이 두 개만 있는 건 아니거든요. 좀 건조하고 단호한 친절도 있고, 그 중간의 선택지들도 많잖아요. 서비스업에서 어떤 분들 보면, 친절하되 뭔가 모를 포스도 같이 있어서, 함부로 대할 여지를 주지 않는 그런 분들도 있는 것처럼요.

그러니까 남을 함부로 대하는 사람들 때문에 아까운 내 장점을 버리기보다는 본인의 타고난 장점을 잃지 않으면서도 좀 더 강한 친절, 나를 지키는 친절을 한번 모색해보시는 것이 어떨까 하는 말씀을 조심스럽게 드려봅니다.

말씀하신 것처럼 타인에게 친절하다는 건 사람이 가질 수 있는 너무 좋은 덕목이기도 하거니와 나중에 본인 일을 할 때 큰 자산이 될 수도 있는 문제니까요.

○ **여러 번 무례한 사람에게는 어떻게 하면 좋을까요?**

● 내 인생에서 지워야죠 뭐. 만나거나 통화를 할 때 얘기 멀쩡하게 잘하다가 꼭 이상한 말을 한마디 해가지고 속을 뒤집어놓는 사람이 있어요. 그게 친구건 가족이건 그 사람하고만 엮이면 기분이 나빠지는 사람이 있다고요. 그럼 어떻게 해야 될까요. 안 봐야겠죠. 그

사람이 어떤 사람이고 나와 관계가 어떻든 간에, 내 기분을 나쁘게 하는 사람은 결코 내게 좋은 사람일 수가 없는 겁니다. 그 사람의 의도가 어쨌건, 내가 속이 좁아서 빈정이 잘 상하건 말건 그런 건 하나도 중요하지 않아요. 중요한 건 뭐다? 오로지 내 기분. 내 느낌. 거기에 반복해서 스크래치를 내는 사람과의 관계를 굳이 이어갈 필요가 있을까요?

○ **일하고 나서 기분 나쁜 일을 쉽게 털어버리지 못해 스스로 병들어가는 것 같아요. 뭔가 해결책이 없을까요?**

● 이게 참 안타까운 것이 세상엔 답이 없는 문제도 많거든요. 나를 기분 나쁘게 한 그 사람을 내일 또 봐야 하는데 어떻게 쉽게 털어버릴 수가 있을까요. 가족은 싸우면 안 보기라도 할 수 있지만, 직장에서 받는 스트레스는 정말 그만두지 않는 한 어떻게 할 수가 없잖아요. 회사 다니는 게 힘든 이유에는 여러 가지가 있겠지만 보기 싫은 사람을 매일 봐야 하는 것보다 미치겠는 일이 또 어디 있겠어요. 차라리 대판 싸우고 화해라도 할 수 있으면 모르겠는데 회사라는 조직의 특성상 갈등은 대개 드러나지 않는 미묘한 신경전 같은 양

상으로 표출이 될 때가 많기도 하고요.

때문에, 막말로 때려치우거나, 그저 견디는 것 외에 무슨 뾰족한 수가 있을까 싶은데요. 다만 한 가지. 누가 내 기분을 망쳐놓는 어떤 일을 당했을 때, 머릿속에서 계속 그 일을 곱씹는 분들이 있거든요. 정말 안 좋은 습관이 아닌가 합니다. 내 기분을 엉망으로 만들어놓은 사람은 정작 아무런 생각이 없는데 나 혼자 계속 나를 들볶는 거니까요.

친구에게 하소연하는 것도 그렇습니다. 좋지도 않은 이야기를 번번이 들어주어야 하는 친구는 무슨 죄며, 하소연이란 그걸 한다고 해서 스트레스가 날아가는 게 아니라 오히려 안 좋았던 기억이 상기되면서 기분이 더 나빠지는 경우도 많거든요.

그러니 가능하면 곱씹지 말고, 억울하고 분해도 그냥 생각 자체를 하지 않으려고 애쓰는 게 최선이 아닐까 합니다. 그 사람이 내게 무얼 주었든 누굴 미워하느라 고통받고 있는 내 정신과 시간이 너무 아까우니까요.

○ **어떤 사람과 함께 있을 때마다 기분이 상하고 상처를 입는데 언제쯤 관계를 끊어야 그 사람을 내가 섣불리 단정한 것이 아니라고 말할 수 있을까요.**

● 글쎄. 타인에 대한 판단을 신중히 하는 것도 좋지만 내가 고통을 감수하면서까지 그럴 수는 없는 노릇이겠죠. 누가 나를 힘들게 하면 더는 참지 못하겠는 임계점이 오잖아요. 저 같은 경우 나이를 먹을수록 그 임계점이 빨리 오긴 하던데, 아무튼, 사람들이 착하다 보니까 보통 그 한계를 수없이 참고 견디다가 내 마음이 거덜이 났을 때쯤 결단을 내린단 말이죠. 그래서 저는 언제가 됐든 더 참으면 나는 바보, 라고 생각이 들면 바로 실행에 옮깁니다. 참을 만큼 참았다는 명분도 서고, 나도 너무 오래 괴롭지 않을 때쯤요.

○ **아까 솔직함이 만병통치약이 아니라고 하셨는데 그렇게 느끼게 된 경험이 있으실까요?**

● 저는 경험론자라서 뭐든 직접 겪은 일들을 가지고 삶의 태도들을 정하거든요. 어떤 사람과 갈등을 빚었을 때, 혹은 나 혼자서 뭔가 불편해졌을 때 상대에게 이런 내 기분과 이렇게 느끼게 된 이유 등을 솔직하게 말하면 해결이 될 거라고 믿었는데 현실은 달랐어요. 물론 그런 얘길 할 때는 상대가 자극받지 않도록 최대한 조심스럽게 얘기를 하는 게 중요하죠. 그런데 아무

리 조심을 해도 이야기를 듣는 상대방의 표정이 설명할 수 없는 거부감으로 일그러지는 것을 보면서, 솔직하다고 해서 다 통하는 것은 아니라는 걸 알았죠. 뭔가 그런 얘길 하는 자체만으로도 자신을 공격한다고 받아들이는 것 같더라고요.

왜 그런가 생각을 해보면 사람은 기본적으로 어떤 상황에서든 자신을 피해자의 위치에 놓으려는 본능 같은 게 있는 것 같습니다. 예를 들어 뭔가 잘못을 한 연예인들이 대중을 상대로 사과를 할 때에도, 자기가 가해자인데도 스스로를 피해자처럼 인식하는 모습을 흔히 볼 수 있거든요. 자기가 잘못을 했기 때문에 받는 남들의 질타를 시련으로 받아들인다고 할까요. 그래서 연예인이나 우리나 다 같은 사람이다 보니 그저 보통 사람들도 누가 자기한테 문제를 제기하면 내가 잘못했구나가 아니라 얘가 나를 공격하는구나, 이렇게 회로가 돌아가는 것이 아닌가, 그게 사람의 본능인 것인가, 싶은 거죠.

○ 저는 살아오면서 사람들을 너무 빨리 판단하고 너무 자주 밀어냈던 것 같아요. 정말 어렸을 때부터 그랬거든요. 그래서 관계의 폭이 많이 협소해졌고 되게 외로운 사

람이 된 것 같은데, 이런 부분을 회복하려면 어떻게 해야 될까요?

● 저랑 비슷한 케이스이신 것 같아서 마음이 좀 아픈데 왜 그런 거 있잖아요. 자존감이 부족한 사람들은 대신 자존심이 센 경우가 많거든요. 그래서 누가 나한테 조금이라도 함부로 대하는 걸 못 견뎌하죠. 그래서 손절도 많이 하는 거고요. 그러면 사람이 당장은 이 꼴 저 꼴 안 보니까 마음은 편해지는데 길게 보면 외로워지죠.

저도 젊어서는 그렇게 해도 후회하지 않을 자신이 있었어요. 혼자 외롭게 사는 한이 있더라도 내 자존심 지키면서 사는 게 더 중요하다고 생각했죠. 하지만 사람이 나이를 먹다 보면 생각이 계속 바뀌기 때문에 어느 순간부터는 그런 행동들이 후회가 되더라고요. 문제는 사람 사는 게 되게 얄궂어서 뭔가 깨닫고 행동하려고 하면 이미 늦어버렸을 때가 많더라는 거죠.

결국 다른 도리는 없는 것 같습니다. 물론 지금도 나에게 불합리하게 대하는 사람들과는 여전히 거리를 두려 하지만 대신 소중한 사람들에겐 최선을 다하려고 애를 씁니다. 인연은 우연이 아니라 노력의 산물이라고 생각하는 편이라서, 노력하는 것 외에는 방법이 없는 것 같아요. 안 그래도 나이가 들수록 관계의 폭은 좁아질 수밖에 없기 때문에 원하는 만큼 되돌리기는 어렵겠지만 잘되셨으면 좋겠습니다.

○ **혼자만의 속앓이일지라도, 뭔가 갈등이 있는 상황에서 작가님은 타인을 이해하기 위해 어떤 과정을 거치시나요?**

● 타인뿐만이 아니라 나와 상대 모두에 대해서 이해를 해보려고도 했다가 화가 나기도 하는 그런 전쟁 같은 과정들이 반복되는 것 같아요. 결국 내 판단에 확신이 설 때까지 기다린다고 할까. 하지만 너무 신중을 기하다 보면 그런 과정 속에서 내 피해가 더 커질 수 있기 때문에 참 어려운 문제 같습니다. 그렇다고 갑자기 내 기분 내키는 대로만 행동할 수도 없고. 이 문제는 정말 뭐라고 답을 드려야 할지, 차라리 제가 여쭙고 싶은 심정이네요.

○ **저는 말이 참 중요한 사람이에요. 말을 거칠게 하거나 제 기준에서 예민한 것일 수도 있지만 상처받는 말을 하는 사람과는 정말 손절하고 싶어요. 그런데 이러다 제**

주변에 아무도 안 남게 되면 어쩌지? 하는 생각이 들기도 해요. 전 남자 친구도 이런 이유로 헤어졌거든요. 세가 더 단단해질 필요가 있는 걸까요?

● 글쎄, 그것이 본인이 단단하고 여리고의 문제일까요? 저도 타인의 말에 민감한 편이라서 질문하신 분 상황이 너무 이해가 되거든요. 저도 말을 함부로 하는 사람을 못 받아줍니다. 누구한테 무례하거나 이상한 말을 듣는 일이 저에게는 일종의 사고와도 같기 때문에 이건 제가 단단해지고 말고의 문제는 아닌 것 같아요. 우리가 교통사고를 당하지 않기 위해서 체력 단련을 해야 하는 건 아니잖아요. 잘못은 잘못을 하는 사람들에게 있는 거지, 외톨이가 되기 싫어서 나를 말로 상처 주는 사람들을 참고 살 수는 없다고 생각해요. 무엇보다 그런 이유로 날 외롭게 하는 사람들을 주위에 두고 살면 과연 그게 외톨이가 아닌 걸까요? 저는 뭐든 대가는 치러야 한다고 생각해요. 내 자신이 소중하다면 나를 함부로 대하는 사람들로부터 떨어져서 혼자가 되는 것쯤은 감수할 수 있어야 하지 않을까. 저는 오히려 그런 것을 개의치 않는 게 단단함인 것 같고, 세상은 그런 사람을 결코 외톨이로 놔두지 않을 거라고 생각합니다.

모든 선택에는 이유가 있다

오늘은 선택에 대해서 이야기할까 하는데요. 사람은 정말 살아 있는 내내 거의 숨 쉬듯 선택을 해야 하죠. 이리로 갈까 저리로 갈까. 야식을 먹을까 참을까. 그렇게 무수한 선택을 한 결과가 바로 지금의 내 모습이겠죠. 홍대로 가는 버스를 탔으니까 홍대에 와 있는 것처럼요.

한 번쯤은 아무것도 선택하지 않아도 되는 날이 있다면 좋겠지만 살아 있는 한 그런 날은 있을 수가 없죠. 하다못해 밥 한 끼를 먹어도 수많은 선택지가 있고 그중에 어떤 걸 선택하느냐에 따라 나의 미래와 건강이 달라질 수 있으니까요. 그래서 오늘 이 시간에는 저라는 사람을 표본으로 해서 인생의 크고 작은 선택들과 또 그만큼이나 중요한 운과 우연 등에 대해서도 이야기를 해볼까 합니다. 인생이 꼭 계획하고 선택한 대로만 흘러가는 건 아니니까요.

모든 선택에는 이유가 있습니다. 하다못해 그냥이라는 이유라도 있어야 하는데요. 오늘 이 강연을 선택하신 분들도 다 나름의 이유가 있을 겁니다. 주제가 마음에 드셨거나, 아니면 혹시 저를 이름이 비슷한 다른 작가로 착각하고 오신 분이 계실지도 모르죠. 그럴 수 있습니다. 선택의 이유라는 건 생각보다

무척 다양한 법이거든요. 아마 여러분들도 오늘 제가 어떤 이유로 어떤 과정을 거쳐서 이 자리에 서게 됐는지 짐작하기 어려우실 텐데요. 먼저 그 이야기로 시작을 해보겠습니다.

정보와 경험의 부재는 잘못된 선택을 부른다

처음 강연 섭외를 받았을 때는 사실 망설였습니다. 저는 강연도 책을 쓸 때와 똑같이 원고에 공을 들이기 때문에, 저에게는 이 강연이라는 것이 들이는 품에 비해서 그렇게 수지가 맞는 일은 아니거든요. 그런데 왜 수락을 했느냐. 제가 영화 만드는 일 하는 친구가 있는데 이 친구가 일이 좀 잘돼서 어느 날 자기 개인 사무실을 크게 낸 거예요. 그 사무실 오픈 파티에 저를 초대한 거죠. 문제는 저의 복장이었습니다.

생전 파티 같은 데 가본 적이 없잖아요. 분명 유명한 배우들도 오고 그럴 텐데 저는 뭐 이름 있는 사람은 아니지만 그래도 너무 초라하게 하고 가고 싶진 않을 거 아니에요. 그래서 나름 격을 맞춘답시고 마치 모델들이나 쓸 법한 챙이 엄청 큰 모자에다가 옷은 위아래 검은색으로 쫙 빼입고 갔죠. 거의 레드카펫 밟는 배우의 심정으로 간 건데, 딱 들어갔더니 예상치 못한 광경이 저를 기다리고 있더군요. 조금 과장하면, 저를 제외한 모든 사람들이 전부 추리닝에 운동화 바람으로 와 있는 겁니다. 이게 뭐지?

알고 보니 파티도 종류와 분위기라는 게 있고, 그날의 파티는 지극히 사적인 자리였기 때문에 이름 좀 있다는 사람들도 그냥 편하게 하고 온 거였죠. 그런데 저는 그런 자리에 갈 일이 잘 없다 보니, 파티다 셀럽이다 이런 말들에 겁을 집어먹고선 혼자 칠보단장을 하고 갔다가 망신을 당한 거죠. 그때 제가 얻은 교훈이 선택의 정확성을 높이기 위해서는 살면서 가능한 한 다양한 경험을 쌓는 게 좋겠구나, 하는 것이었어요. 평소 사람들과 어울리며 파티 같은 데도 다니고 그랬으면 그런 민망한 상황은 겪지 않았을지도 모르니까요.

그 뒤로 이제 옷에 집착을 하게 된다는 스토리인데, 어떤 분들은 여기까지 들으면 그러실 거예요. 그까짓 거 잠깐 쪽팔리고 말면 될 일을 뭘 그렇게 신경을 쓰냐고 말이죠. 그런데 저도 나름의 사연이 있었던 게, 2017년에 근 20년 넘게 하던 음악을 그만뒀거든요. 뭔가 새로운 삶을 살고 싶어서. 그래서 평소 안 가던 파티도 가고 밖에 나가서 사람들도 만났던 건데, 그때마다 자리에 어울리는 옷이 너무 없는 거예

요. 옷이라는 게 때와 장소에 맞는 차림이라는 게 있
는 거잖아요. 동네 오락실에 갈 때하고 부모님 칠순
잔치에 갈 때하고 차림이 같을 수는 없는 거잖아요.

해서, 그 파티에 다녀온 뒤부터 앞으로는 어디 갈
일이 있으면 좀 자리에 맞는 편하면서도 괜찮은 옷들
이 있었으면 좋겠다 했는데 그런 옷들이 없었죠. 평
소 옷에 신경 쓰고 살질 않았으니까.

내 마음속 채워지지 않는 동그라미

그래서 그때, 아, 내가 소위 말하는 사회생활할 준비
가 너무 안 되어 있었구나, 하는 생각을 했습니다. 새
삶을 살겠다는 사람치고는 너무 안일했던 것이 아닌
가, 이런 각성을 하게 된 거죠. 그때부터 옷을 사기
시작한 건데, 처음에는 나름 이해 가능한 이유로 시
작했던 일이 시간이 가면서 점점 저를 옥죄기 시작합
니다. 무슨 말이냐 하면, 삶을 다르게 살고 싶어서 음
악을 그만뒀지만 이후에 했던 일들이 하나같이 잘 안
됐어요. 마지막 앨범도 결과가 좋지 않았고, 새로 내
는 책들도 반응이 예전만 못 했죠. 사람이 실패의 경
험만 자꾸 반복하면 어떻게 될까요. 자책을 하게 됩
니다. 모든 일의 원인을 나에게서만 찾게 되는 거죠.

내 인생은 내 것이지만 그렇다고 인생에서 '내'가 차지하는 비중이 100퍼센트는 아니거든요. 인생은 자기 자신뿐만 아니라 수많은 타인과 세상, 환경, 또 너무 중요한 운, 이런 것들이 복합적으로 작용을 한 결과란 얘기죠. 그런데 많은 사람들이 세상 모든 게 나 하기 나름이라고 믿는 경향이 있잖아요. 저도 그래서 계속 제 탓을 했던 겁니다. 나 때문이야. 내가 준비 없이 살아서 이 모양이 됐어. 이런 자책이 거의 강박의 수준으로까지 가면서 점점 병적으로 옷을 사게 되는 거죠. 나중에는 어느 단계까지 가냐면 아침에 눈을 뜨면 글을 써야 하는데 써야 할 글은 쓰지 않고 멀리 강남에 있는 백화점으로 출근을 합니다. 글은 쓰기 싫고 또 실패할까 봐 무서운데 백화점에 가서 옷을 보고 다니는 일은 즐겁거든요.

일종의 회피를 선택한 거죠. 다시 힘을 내기보다.

이게 좀 슬픈 얘기인 게, 이 세상에 수많은 좋은 것들이 있는데 그중에서 뭔가 가질 수 있는 방법이 오직 돈을 주고 사는 것밖에 없다는 건 서글픈 얘기거든요. 돈이라도 주고 살 수 있으면 좋은 거 아니냐고 할 수도 있을 겁니다. 하지만 우리가 정말 갖고 싶고 정말 가치 있는 것들은 돈으로 살 수 없는 경우가 많습니다. 돈으로 하늘나라에 가 있는 친구를 불러서 만날 수도 없고, 돈으로 내 인정이나 평판을 살 수도 없죠. 사람이 살면서 바라는 건 참 많은데 그게 다 충족이 되진 않거든요. 그럼 그때마다 가슴에 생긴 구멍을 어떻게든 메워야 하는데 결국엔 돈이라는 거죠. 하다못해 문구점에 가서 예쁜 볼펜 한 자루라도 사서 손에 쥐어야 그 구멍이 조금이나마 메워지니까. 아니면 맛있는 거라도 먹든가.

저도 아직은 세상이 나를 필요로 했으면 좋겠고, 나도 좋아하는 일 한번 하면서 살아보길 바랐지만 그게 잘 안 되니까 아무리 카드를 할부로 긁어도 마음속 허기는 메워지지 않았습니다.

　동그라미는 채우는 게 아니라 그저 안고 살면 되는 건데. 동그라미는 누구에게나 언제나 있는 건데. 그땐 그걸 잘 몰랐죠.

거짓말 같은 행운

출판사 마음산책으로부터 연락이 온 건 그때쯤이었습니다. 옷을 사느라 통장은 거의 바닥을 보이고, 친구들은 제발 병원이라도 좀 가보라고 성화를 할 때쯤이었죠. 강연을 해보지 않겠냐는 거예요. 하겠다고 했어요. 평소 같았으면 모르겠는데 그때는 다만 얼마라도 생기면 무조건 옷을 사려고 들 때니까. 좀 거칠게 말하면 마치 마약에 중독된 환자처럼 옷을 사댔습니다. 사람이 자책에 시달리면 불안과 두려움에 빠지게 되고 그럼 강박적으로 변할 수 있거든요. 어제 백화점에서 본 그 옷을 사야만 글을 쓸 수 있을 것 같은 거예요. 이미 옷이 너무 많은데. 고민을 하다가 결국 사러 가면 또 다른 새 옷이 눈에 들어옵니다. 벌써 어제 봐둔 걸 계산하고 있는데. 그럼 또 집에 와서 고민을 하죠. 마지막으로 딱 이거 하나만 사자. 이 과정을 매일 반복하는 거예요. 실은 옷이 필요한 게 아니라 핑곗거리를 찾는 거죠. 글을 쓰지 않을 핑계. 내 일을 하지 않아도 될 변명거리.

왜. 쓰기 무섭고 싫으니까.

그래서 이제 처음에는 별로 건강하지 못한 이유로 수

락을 했던 이 강연이, 저의 그 선택이, 저를 그토록
긴 슬럼프에서 구원해줄 줄은 그때는 꿈에도 몰랐죠.

무슨 거창한 이야기는 아닙니다. 처음에는 하고 싶어
서 한 일이 아니었기 때문에 심적 저항이 많았어요.
사람이 내켜서 자발적으로 일을 할 때와 돈 때문에
마지못해서 뭔가를 할 때의 차이는 크잖아요. 그러니
계약서에 도장은 찍었지, 날짜는 다가오는데 원고는
안 써지지. 글이 쓰기가 싫어서 매일 백화점으로 도
망을 가던 인간이 돈 몇 푼에 갑자기 뭐가 써질 리가
있겠어요? 이대로 가다간 강연이고 뭐고 엉망이 될
판인데 갑자기 코로나19가 온 거예요. 그거 안 걸리
려고 2년을 외출도 안 하면서 도망을 다녔는데 덕분
에 시간은 좀 벌었죠. 근데 애초에 수락을 하게 된 동
기가 온전한 게 아니다 보니 시간이 좀 더 생긴다고
해서 달라지는 건 없더라고요. 여전히 원고는 안 써
지고 몸은 회복이 되질 않고. 출구가 보이지 않는 상
황이 계속됐죠

결국엔 아프다는 핑계로 못 하겠다고 할까 별생각을
다 했는데요. 그런데 사람이 살다 보면 내 의지나 노
력과는 무관하게 운이나 운명이라고밖에 설명할 수
없는 일을 겪을 때가 있거든요. 코로나19 후유증이

너무 심해서 도저히 외출을 할 상태가 아닌데 무슨 생각인지 어느 날 밖으로 나갑니다. 그리고 온 곳이 여기예요. 지금 강연을 하고 있는 이 마음폴짝홀이요. 걱정이 돼서 그랬는지는 모르겠는데, 그날이 마침 저보다 앞서 강연하신 임경선 작가님이 2강을 하던 날이었거든요. 굳이 성치 않은 몸으로 딱 여길 와서 앉아 있으니까 제가 오랫동안 잊고 있던 어떤 풍경들이 보이는데 그게 제 심장을 막 뛰게 하더라고요. 작가님이 들고 계신 마이크, 서 계신 무대, 객석을 메우고 있는 관객들. 그냥 그거였어요. 그러고는 강연이 끝나서 강연장을 나오는데 저는 들어올 때와는 전혀 다른 사람이 되어 있었고 그때부터 모든 게 바뀌었죠. 더는 돈 때문에 뭘 억지로 하는 사람이 아니었고 더 이상 원고지가 무서워서 백화점으로 숨는 사람도 아니었던 겁니다.

그때부턴 모든 게 잘됐습니다. 거짓말처럼.

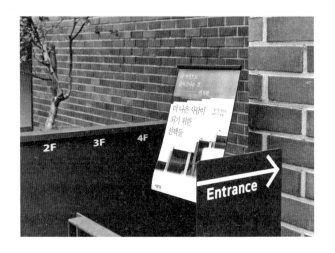

삶의 변수로 작용하는 운과 우연들

이런 우여곡절 끝에 여러분 앞에 서게 되었다는 이야기인데요. 제가 오늘 이 사연을 가장 먼저 말씀드린 이유가 있습니다. 보통 선택에 대해서 이야기를 한다 그러면, 그게 우리에게 얼마나 중요하고 그래서 얼마나 그걸 잘해야 하는지 등을 말하거든요. 저는 반대의 얘기부터 하고 싶었습니다. 저는 인생이라는 게 내가 꼭 뭔가를 선택하거나 노력하는 대로 흘러간다고 생각하지는 않거든요. 여러분께서도, 나는 아무것도 선택하지 않고 그냥 가만히 있었는데 인생의 중요한 부분이 결정되거나, 뭔가 떠밀리듯 삶이 흘러갔다고 느낀 경험들이 있으실 겁니다.

최근 수년간의 제 문제를 해결하기 위해서 정말 갖은 노력을 다했는데 스스로를 구할 수가 없었습니다. 그러다 지치고 포기해 백화점으로 도망이나 다닐 때쯤 갑자기 마음산책, 갑자기 코로나, 이러면서 또 삶이 예측 못 한 방향으로 전개됐거든요. 어떤 분은 행운도 준비된 사람한테 오는 것이기 때문에 당신이 전에 노력해둔 게 있으니까 그런 기회가 온 것 아니겠느냐 하실 수도 있을 겁니다. 물론 저도 거기에 일정 부분 동의하지만, 그러면서도 조금 다른 측면을 말씀드리고 싶은데요. 인간의 삶에는 노력을 아무리 해도 닿을 수 없는 소위 말하는 운이 좌우하는 영역이 존재한다는 것이죠. 그걸 인정하지 않고 모든 것을, 심지어 운조차 내 노력의 소관으로 이해를 해버리면 결국 세상만사가 다 내 탓이 되어버립니다.

그것은 결코 세상에 대한 올바른 이해가 아니죠. 그런 식이라면 모든 실패는 결국 노력이 부족해서 오는 것이고, 내가 집이나 직업이 없는 것도 오로지 나라는 개인이 게으르고 무능한 탓이라고 해석이 될 수도 있는 거거든요. 그럼 우리가 사회적인 공정과 평등을 말할 필요가 뭐가 있겠습니까. 모든 게 내 탓이고 다 각자 하기 나름인데 말이죠.

저도 압니다. 최근 내가 했던 일들의 결과는 별로 좋지 않았지만, 그런 실패를 통해 내가 노력하고 깨달은 부분들이 이 강연과 또 저의 바뀐 삶에 분명 녹아들어 있겠죠. 그걸 부정할 순 없겠죠. 그런데 제가 드리고 싶은 말씀은 이겁니다. 저와 똑같이 실패하고 저와 똑같이 노력하고 저 이상으로 간절했던 사람들이라고 해서, 모두에게 이런 기회가 주어지는 건 아니라는 거죠. 어떤 선택의 결과가 반드시 그 자신에게 책임이 있는 것은 아니라는 겁니다.

그래서, 사람이 언제나 노력한 만큼의 보상을 받는

건 아니기 때문에 혹 결과가 좋지 않더라도 너무 가혹하게 자신을 탓하는 일은 없으셨으면, 하는 마음에서 이렇게 이야기를 드려봤습니다. 제가 바로 그랬기 때문에요.

인생은, 꼭 내가 선택한 대로만 흘러가지는 않는다. 그러므로 삶의 변수로 작용하는 운과 우연의 존재를 인정해야만 불필요한 자책을 피할 수 있다는 것. 물론 자책과 건강한 자기반성은 분명히 구분되어야겠죠.

무조건 내 잘못은 아무것도 없다는 말씀을 드리는 건 아니라는 겁니다.

그럼 이번에는 반대로, 저의 선택이 제 인생을 완전히 뒤흔들어버린 경험에 대해서 말씀드려보겠습니다.

정상적인 인간

어떤 독자가 저에게 물어본 적이 있습니다. 당신의 결핍은 무엇이냐고. 저는 '정상성'이거든요. 그게 결여되어 있다고 느끼는 것이 저의 결핍인 것이죠. 정상성이란 이 사회가 말하는 소위 멀쩡하다, 정상이다라는 일종의 기준을 말하는데, 저는 제가 거기서 이탈한 채로 살아왔다고 느낀다는 거죠. 우리 사회가 말하는 소위 정상적인 코스, 남들처럼 공부하고 직장

다니다가 때 되면 결혼해서 자식도 가지고 늙어가는 그런 코스와는 상관없는 인생을 살아왔거든요. 한 번도 어디에 소속되어본 적이 없었기 때문에 이렇다 할 선후배나 동료를 가져보지도 못했고 이 나이 먹도록 내 집을 갖거나 보험 같은 걸 들면서 살지도 않았죠. 때문에 제 마음속에는 실체가 정말로 있는지도 잘 모르겠는, 이 사회가 말하는 소위 '정상적인 인간'이 되고자 하는 욕망이 항상 있어왔습니다.

드라마 〈부부의 세계〉에서 김희애 씨가 연기한 지선우 역시 남편이 무능한 데다 바람까지 피우는데도 처음에는 어떻게든 이혼을 안 하려고 하잖아요. 그놈의 정상성 때문에. 극 중 설정이 어려서 부모님 두 분을 사고로 잃은 처지다 보니, 자기만은 어떻게든 자식 있고 남편 있는 '멀쩡하고 정상적인' 여성으로서, 그런 가정의 일원으로서 살아가고 싶었던 것이죠. 그게 정상이라고 자꾸만 이 사회가 얘기를 하니까. 거기서 이탈해서 '이혼녀'라는 딱지라도 붙으면 그때부터 비정상 취급을 받게 된다고 사람들이 자꾸만 겁을 주니까.

제가 1995년에 두 번째 데모를 만들었을 때, 어떤 큰 회사에서 음악이 괜찮다고 좀 보자는 거예요. 결과적으로 얘기가 잘 안 됐는데, 그쪽에서 그런 말을 하더라고요. 곡은 좋은데 왜 C가 없냐고. 그래서 집에 오면서 생각했어요. C? C가 뭐지? 알고 보니까 곡의 후렴을 말하는 거더라고요. 곡의 가장 절정부에서 반복되는 구절 있잖아요.

저는 곡 만드는 법을 누구한테 배운 것도 아니고 그냥 제 마음 가는 대로 떵까떵까 하다 보니까 그런 곡이 나온 건데, 이 세상의 많은 노래들이 소위 말하는 'C'가 있고 그게 보편적인 것이라고 해서 꼭 그게 정상이다, 그게 없으면 비정상이다, 라고 할 수 있을까요? 안 그런 곡도 있거든요. 세상 모든 노래가 기승전결의 전형적인 구조를 갖추어야 하는 것은 아니니까요.

문제는, 내가 하고 싶은 대로 곡을 써냈으면 누가 이상하다고 하든 말든 그런 작법을 저의 스타일과 개성으로 계속 가져갈 수도 있었다는 거죠. 그런데 제가 거기서 어떤 선택을 하게 되느냐. 남들이 네가 만든 거 정상적이지 않아, C가 없어, 라고 했을 때 뭐 어때 그게 난데, 하고 받아칠 용기가 스물다섯 먹은 어린 이석원한테는 없었습니다. 슬프게도.

말씀드렸다시피 그 정상성이라는 것에 항상 목이 말라 있었던 저로서는, 나만의 개성을 갖는 것보다는 세상이 정해놓은 어떤 틀에 맞추는 것이 더욱 중요한 문제였기 때문이죠. 왜냐면 나도 이 세상의 일원이 되고 싶다는 생각을 늘 안고 살았으니까요.

그래서 그때 C가 없다는 말에 자극을 받아서 집에 오자마자 만든 곡들이 나중에 1집에 실린 〈미움의 제국〉이나 〈쥐는 너야〉 같은 곡들입니다. 후렴구가 아주 확실히 나오는 곡들. 집착하는 거죠, 또. 내가 또 한 번 세상이랑 엇나갔구나 싶어서. 사실은 그런 규칙에 얽매이지 않는 자유로운 작법이 내 장점이 될 수도 있었는데 말이죠.

만약, 제가 이 사회가 말하는 소위 정상성이란 것이 허상이라는 걸 그때 알 수 있었더라면, 그 뒤의 인생이 달라졌을지도 모릅니다. 하지만 그런 세상이 강요하는 틀을 극복하기엔 너무 어렸던 것 같아요. 용기도 없었고.

그래서 그 뒤로도 쭉 어떤 마음을 가지고 음악을 하게 되냐면 저는 내 것이 담긴 '작품'보다는 세상이 원하는 '제품'을 만들고 싶어 했습니다. 공장에서 일정한 틀에 찍어낸 규격품 같은 곡들을 만들고 싶었죠. 대중들에게 접근이 어려운 작품보다는 좀 뻔해도 많은 사람들이 좋아해줄 수 있는 히트곡을 원했거든요. 그런데 또 그런 걸 만드는 데는 재주가 없었는지 뭘 내놓으면 사람들은 늘 제품이 아니라 작품 대접을 해주더라고요. 내가 원한 건 그게 아니었는데.

나를 구한 선택

그러다가 서른다섯 때쯤 그런 저의 인생을 뒤흔들어 버리는 경험을 하게 되는데요. 뜻하지 않게 인사동에서 와인을 팔게 된 거예요. 처음엔 경험이 없다 보니까 주위에서 컨설턴트를 만나보라고 하더라고요. 그럼 그 사람들이 돈만 주면 메뉴고 인테리어고 다 알아서 해준다는 거였죠. 그래서 만나봤더니 뭔가 이상해요. 전문가라는 사람들이 제가 한 며칠 돌아다니면서 알아본 것보다도 동네를 더 모르는 거예요. 인사동에 밤에 유동 인구가 있는지 없는지도 잘 몰라요. 고민을 했죠. 이런 사람들을 믿고 가게를 맡겨야 하나, 하다가 그때까지 한 번도 해본 적 없는 선택을 하게 됩니다.

부족해도 내 힘으로 한번 해보자.

어떤 사람들에겐 상투적인 문구로 들릴지도 모르겠습니다. 사실 누구나 언제든 할 수 있는 흔한 결심이니까요. 그렇지만 이게 저에게는 얼마나 혁명적인 일이었냐 하면, 저라는 사람은 늘 세상에는 나는 모르는 정답이 따로 있다고 믿었기 때문에 항상 그걸 쫓아다녔거든요. 그게 어디 있는지 뭔지도 모르면서. 그러니까 스스로를 믿어보는 경험이 저한테는 거의 태어나서 처음이었던 거예요. 무려 35년이 걸린 거죠.

당연히 다들 말렸고 심지어 그때 제가 상담을 받았던 한 컨설턴트는 저렇게 경험 없이 달려들면 분명히 망한다고 예언까지 했습니다. 하지만 저는 제 선택을 고수했고 시간은 좀 걸렸지만 결국에는 꽤 괜찮은 공간을 만들어냈습니다. 그때 내 나름대로 터득해간 나만의 방식이란 게 통하는 걸 보면서, 저는 더 이상 세상이 정해놓은 방식을 무작정 좇지 않게 됐죠.

문학상에 투고를 하거나 책을 쓸 때 사람들이 흔히 하는 얘기가 있습니다. 글은 오래 붙들고 있는다고 해서 좋아지는 게 아니라고. 이런 걸 통념이라고 하죠. 세상 다수가 옳다고 믿는 어떤 믿음이나 법칙 같은 거. 물론 이건 오랜 시간에 걸쳐서 여러 사람의 경험치가 쌓인 결과기 때문에 근거가 없다고 할 수는 없습니다. 그런데 만약 내 생각은 다르다면, 꼭 따를 필요는 없죠. 나한테는 나를 믿고 실패든 성공이든 할 권리가 있는 거니까요.

제가 가게 문을 열고 나서도 인테리어며 메뉴며 계속 손을 봤거든요. 그러니까 사람들이 또 막 뭐라고 그래요. 그렇게 자꾸 변화를 주면 손님들이 안정감을 못느낀다, 주인이 편해야 손님도 편한 거다. 그러거나 말거나 저는 계속 손님들이 앉는 의자의 높이를 조절하고, 새 소품을 실어 나르면서 공간을 수정하고 또 수정해서 늘 사람들로 붐비는 가게를 만들어냈거든요.

나를 믿는다고 해서 반드시 성공한다는 보장은 없지만 자신을 한 번이라도 믿어보면 어떤 식으로든 얻는 게 있다는 거죠.

그래서 가게 문을 닫고 다시 음악을 하게 됐을 때 가게를 하면서 깨달은 방식을 그대로 가져다 적용한 것이 다섯 번째 앨범과 그다음에 낸 첫 번째 책입니다. 그 누가 뭐라 해도 내가 됐다 싶을 때까지 무한히 작업했죠. 심지어 그때 나온 첫 책은 지금 13년째 고치고 있는데, 다시 말씀드리지만 사람이 자기가 옳다고 믿는 대로 했다고 해서 그게 꼭 옳은 방식이고 성공을 한다는 보장은 없겠죠. 하지만 서른다섯 살에 처음으로 제가 저를 믿어보지 않았더라면, 아마 저는 그 뒤로도 계속 세상이라는 공장의 부품으로 살아가길 원하지 않았을까요. 그 한 번의 선택이 저를 구한 거죠.

그때 내 나름대로 터득해간 나만의 방식이란 게 통하는 걸 보면서,
저는 더 이상 세상이 정해놓은 방식을 좇지 않게 되었습니다.
그랬더니 비로소 세상이 저에게 응답을 하더라고요. 그렇게 쫓아다닐
때는 쳐다도 안 보더니 내가 나를 믿고 내 길을 가니까 그제야 손짓을
해요. 이제 뭔지 좀 알겠지? 꼭 그러는 것 같더라고요.

가장 솔직하다는 말을 듣는 나의 거짓말이
내 인생을 어떻게 바꿔놓았는지에 대해

이번에는 저를 외롭게 했던 선택들에 대해서 말씀을 드려볼까 합니다. 저는 제 인생에서 가장 중요한 두 가지 일, 그러니까 음악과 책 쓰는 일을 거짓말을 통해서 할 수 있게 되었는데요. 저는 징크스가 있습니다. 거짓말을 하면 현실이 되죠. 그럼 뭐 저 사람은 원하는 게 있으면 그냥 뻥만 치면 다 되겠네? 하실 수 있겠지만, 그런 건 아니고 왜 우리가 일상에서 무의식적으로 나오는 말들 있잖아요. 지금 아프지 않은데 나가기 싫어서 아프다고 핑계를 대면 진짜로 아파진다든가, 뭐 그런 경우를 말하는 것이죠.

제가 음악을 하게 된 것도 PC통신을 하면서 장난처럼 있지도 않은 밴드의 리더라고 한 게 진짜 현실이 된 거거든요. 제 징크스는 어떤 의도도 없이 나도 모르게 말이 튀어나왔을 때 현실이 된다는 성립의 조건이 있었던 거죠. 딱 한 번 예외였던 게 책을 냈을 때였습니다. 그때는 제가 진짜로 책을 내고 싶어서 출간 제안 온 데가 없었는데도 오고 있다고 말을 하고 다녔거든요.

무의식적으로 말이 나온 게 아니라 의도적으로 소원 빌듯이 한 건 처음이어서 설마 될까 했는데 되더라고요. 정말 그 뒤로 한 군데 두 군데 제안이 오더니 결국『보통의 존재』라는 책을 내게 됐으니까요.

제가 이 얘기를 하면 어떤 분들은 인생이 꼭 만화 같다고 그러기도 하시는데 당연히 인생은 만화가 아니죠. 거짓말은 단지 계기가 됐을 뿐 그걸 현실로 만든 건 제 노력과 의지였으니까요.

제가 있지도 않은 밴드를 한다고 했다고 칩시다. 그것만 가지고 뭘 할 수 있죠? 팀이 저절로 만들어지나요? 좋은 곡이 하늘에서 떨어지나요? 이름만 가지고 될 수 있는 건 아무것도 없거든요. 또, 제가 받지도 않은 출간 제안을 받았다고 소문을 내고 다녔다고 해서, 갑자기 출판사들이 생각도 안 하고 있다가 제게 달려왔을까요? 말이 안 되는 얘기죠.

다만, 그런 식의 거짓말이 분명 좋은 행위는 아니지만, 그렇게 함으로써 내가 그 일을 할 수밖에 없게끔 스스로를 몰아가는 어떤 선언의 의미가 있었다고 보는 거죠. 스물네 살이라는 나이는 악기 처음 배우고 음악을 갓 시작하기에는 늦은 나이기 때문에, 저 스스로를 계속 몰아간 겁니다. 할 수밖에 없게끔. 포기하지 않도록.

그래서 '여러분도 한번 이 방법을 써보시라, 일단 뭐든 하고 싶은 게 있으면 구라부터 친 다음에 그 말

을 책임지기 위해서 열심히 하다 보면 효과가 좋다'
라고 권장하는 것은 당연히 아니고요. 옳든 그르든
이것이 제 지나온 삶에서 지울 수 없는 하나의 삶의
선택이었기 때문에, 이런 경우도 있구나, 하는 차원
에서 들어주시면 좋을 것 같습니다.

28년 전 당시에 손으로 쓴 일기. 처음에는 우연히 시작됐지만
그 우연을 현실로 만들기 위해 상황을
적극적이고도 전략적으로 이용하고 있었다는 걸 알 수 있다.

선택에는 대가가 따른다

어떤 이유로 하게 됐든, 그렇게 해서 일을 하게 되고 돈도 벌었으면 잘된 일인데 무엇 때문에 외로워졌을까요. 우선 드릴 수 있는 말씀은 세상에는 공짜가 없더라는 겁니다. 가장 사랑하던 것들을 일로 선택함으로써 역으로 그것들을 영영 잃어버리는 대가를 치르게 되었으니까요.

저는 아무리 많은 사람들 틈에 섞여 있어도 그게 저를 충만하게 하거나 덜 외롭게 해주지를 못합니다. 이유는 모르겠지만 아주 어려서부터 타인에게는 내 진짜를 보여줘도 소용이 없을 거라는 이상한 믿음이 있었습니다. 그러면 어떻게 될까요. 사람이 사람에게서 위안을 받지 못하면 다른 무언가 그 역할을 해줄 것을 찾기 마련인데 그게 저에게는 음악과 서점이었죠. 다 사람이 아닌 것들.

음악과의 이별의 역사는 깁니다. 저는 음악 하는 동안 왜 그런지 늘 지쳐 있었고 한 번도 그걸 좋아서 하거나 일로써 온전히 받아들인 적이 없었습니다. 그저 나를 표현하거나 돈벌이 수단일 뿐이었죠. 늘 작업할 때 귀가 너덜너덜해지도록 음악을 듣고 나면 일상에서는 음악의 음 자도 듣기 싫어지는 상태가 시간이 아무리 지나도 회복이 되질 않았죠. 음악 듣는 즐거움을 영영 잃어버린 거예요. 그걸 직업으로 택함으로써.

다음은 서점인데, 조금 멋은 없는 일이지만, 저는 동네의 개성 있는 독립 서점 같은 곳보다는 기업화된 대형 서점들을 더 좋아합니다. 일단 공간이 넓으니까 산책을 할 수 있고 숨을 곳도 많은 데다가 무엇보다 익명의 자유를 누릴 수가 있거든요. 작은 서점에 가면 누가 나를 꼭 알아봐서가 아니라 주인이나 다른 손님들을 어떤 식으로든 의식하게 되더군요. 그리고 소위 말하는 트렌디한 서점 같은 곳엘 가려면 괜히 옷도 아무렇게나 입고 가면 안 될 것 같고 이래저래 편하지가 않은 거예요. 그래서 어려서부터 내가 어떤 사람이든 개의치 않고 받아주던 시내 대형 서점을 그렇게 좋아했던 건데, 여기도 역시 작가가 되길 선택함으로써 잃어버리게 됩니다.

무슨 얘기냐 하면, 그곳은 이제 나를 한없이 편하게 받아주던 곳이 아니라 수많은 경쟁자들 틈에서 살아남아야만 하는 일종의 정글이 되어버린 거잖아요. 위로를 구하는 사람이 아니라 파는 사람이 된 거니까 더 이상 전 같은 의미일 수가 없는 거죠. 결국 사람들에게 솔직하다는 말을 많이 듣는 저의 거짓말은 제게 두 개의 직업과 쌀을 주었고 그 대가로 가장 사랑하고 의지하던 두 가지 소중한 것을 앗아가버렸다. 뭐 그런 이야기가 되겠습니다.

인생이라는 게 두 개를 다 가질 수는 없는 거니까요.

주먹 감자

우리가 선택을 논하면서 사람에 대한 얘길 안 할 수가 없는데요. 사람이야말로 늘 우리를 선택의 기로에 서게 하는 존재들이기 때문이죠.

전에 이런 일이 있었습니다. 친하게 지내던 사람이 있었는데 어느 날 고백 비슷한 걸 하는 거예요. 선택이란 게 그렇잖아요. 앞서도 말했지만, 뭔가를 선택하면 다른 선택지는 포기를 해야 하는 경우가 많죠. 일종의 값을 치르는 건데, 친구로 지내던 사람과 연인이 되길 선택하면 친구 한 명을 잃는 것이기도 하잖아요. 물론 새 연인을 얻는다는 측면도 있습니다만, 아시다시피 사랑은 우정보다는 상대적으로 관계의 시효가 유한하기 때문에 고민을 할 수밖엔 없었죠.

또 하나, 선택에는 일방적 선택과 상호적 선택이 있는데 우리가 뭘 먹을 때 내가 선택한 음식이 내 선택을 받아들일지 말지 고민하진 않잖아요. 이런 게 일종의 일방적 선택이 되는 거죠. 결정하기만 하면 되는 거니까. 반면에, 내가 뭔가를 선택하면 선택을 받은 쪽에서 내 선택을 받아들여줘야만, 다시 말해 그쪽도 나를 선택해주어야만 그 선택이 완성되는 경우가 있습니다. 일종의 상호적 선택이 되는 건데 연애, 결혼, 진학, 취업 같은 경우들이 그렇겠죠. 나만 선택한다고 해서 되는 게 아닌 일들.

따라서, 누군가의 선택을 받았으니까 저도 이제 선택을 해야 하잖아요. 너무 좋은 사람이고 멋지고 착한 사람이지만, 그런 사람이 왜 날 선택했는지는 모르겠지만, 저는 결국 그분의 선택을 선택하지 않았습니다. 그 사람을 오래 보고 싶었기 때문이죠.

'작가님, 사귀면 오래 못 보는 건가요'라고 물으신다면 저는 그렇다고 대답하겠습니다. 제 책을 읽어보신 분들은 아시겠지만 저는 사람의 마음은 용량제라고 생각하거든요. 특히 연인 사이는요. 그 정해진 용량을 다 쓰고 나면 언젠가는 관계도 종료가 된다고 믿기 때문에 저는 그 분의 고백을 우리 만나자가 아니라 우리 헤어지자로 이해할 수밖엔 없었던 거죠. 그런 제안을 어떻게 받아들일 수 있었어요.

제가 이 내용을 블로그에 쓴 적이 있는데 독자들이 그걸 읽고 갑론을박이 많았습니다. 어떤 분들은 그건 당신이 그분을 오래 보고 싶어 해서가 아니라 조금밖엔 좋아하지 않아서 그런 거라고도 했죠. 막말로 그럼 헤어져도 괜찮을 만한 사람하고만 사귄다는 건데, 그게 말이 되냐 이거죠. 저도 그런 말씀들이 일리가 없다고는 생각하지 않습니다. 하지만 누군가를 곁에 오래 두고 보고 싶다는 생각이, 꼭 그 사람이 연인으로서 내게 와닿지 않을 때만 그런 감정이 드는 건 아니거든요.

여러분은 어떻게 생각하세요. 내가 고백을 했는데, 우리 사귀게 되면 언젠간 헤어질 거니까 그러지 말고 친구로 오래 보자는 답이 돌아온다면, 어떤 기분이 드실지. 제 친구 딸은 이 얘기를 듣더니 저보고 삼촌이거나 드시라며 주먹 감자를 쥐어 보이더라고요.

아무튼, 제 진짜 마음이 무엇이었는지는 여러분 상상에 맡기겠는데 이렇게 사람 간에는 정말이지 무수한 선택이 오가게 됩니다. 특히 사람이 나이를 먹어가면서 사람 때문에 치이고 고생을 하다 보면 점점 자기만의 어떤 기준을 세우게 되거든요.

선택지는 항상 넓게 가진다

저는 남과 불편해지느니 차라리 내가 맞춰주고 좋은 척 연기하면서 평생을 살았습니다. 그러다 보니까 이 스트레스가 너무 오랫동안 누적이 되어온 거예요. 어느 날 더 이상은 그렇게 사는 걸 참을 수 없는 지경이 되었을 때 결심을 하게 됩니다. 이제부터 나에게 무례하게 굴거나 내가 싫어하는 말과 행동을 하거나 아무튼 날 불편하게 하는 사람들은 보지 않겠다! 지금까지와는 정반대의 또 다른 극단적인 카드를 선택한 거죠.

그래서 그때부터는 남들이 조금만 거슬리면 못 견뎌하면서 마구 손절을 합니다. 얘도 마음에 안 들고 재도 나를 함부로 대하는 것 같고. 그렇게 다 쳐내다 보면 사람이 어떻게 될까요. 외로워지겠죠. 처음에는 평생 타인에게 맞춰만 주면서 살았기 때문에 그런 상황이 시원하게 느껴지기도 하지만 그걸 계속하다 보면 어느 순간 주위에 아무도 남지 않게 되었다는 것을 깨닫는 시점이 또 오거든요.

그래서 이 사람에 대한 문제는 평생을 가도 해결이 어렵다는 건데 이제 와서 드는 생각이지만 저는 저를 너무 죽이고 살던 때나, 또 너무 성급하게 사람을 대하던 때나 모두 현명하지 못하던 시절이 아니었나 싶어요. 왜 나는 항상 0 아니면 1일까. 0.5라는 중간의 선택지도 있는 건데. 그래서 제가 언제부턴가 교훈을 얻은 게, 뭔가를 선택할 때 항상 양자택일하는 버릇을 고치자고 마음먹었습니다. 갈등이 있을 때 손절 아니면 맞춰주는 두 가지 선택지만 있는 건 아니니까요. 대화를 시도할 수도 있고 여러 다양한 중간 지점이 있는 건데 말이죠.

사람에 대한 결론은 시간을 두고 내린다

물론 관계란 애를 쓴다고 해서 내가 노력한 만큼의 결과가 주어지는 일은 아닙니다. 그래서 때로는 허탈해지고, 지치기도 하죠. 그래도 혼자 살아갈 수는 없기 때문에 이렇게도 해보고 저렇게도 해보면서 결국 나를 위한 최선의 길을 찾아가야 하는데요. 문제가 있다면 우리 인생이 너무 짧아서 내가 뭔가 깨닫고 태도를 수정하기까지 기다려주질 않는다는 점이겠죠.

너무 당연한 얘기지만 중요한 선택일수록 신중을 기해야 합니다. 특히 사람에 대해 어떤 선택을 할 때에는 절대로 피해야 할 포인트가 있는데요. 감정이 들어간 상태에서는 어떠한 결정이나 행동도 하지 않는게 좋습니다. 그 어떤 상황에서도 도움이 되지 않을 뿐만 아니라 오히려 관계만 역전이 되거든요.

　어느 날 윗집이 새로 이사 와서 밤마다 쿵쿵거린다고 쳐봅시다. 미치겠죠. 내가 피해자 맞죠? 그런데, 그렇다고 화가 난 그 감정을 고스란히 가지고 야밤에 남의 집에 뛰어 올라가서 문을 쾅쾅 두드리면 어떻게 될까요. 그 순간 내 처지는 죄 없는 피해자에서 무식한 가해자로 돌변하게 됩니다. 남의 집은 함부로 찾아가거나 두들기면 안 되죠. 법적으로도 불리하고 피해자로서의 내 명분도 사라집니다. 게다가 윗집 사람들을 조심시키는 게 아니라 오히려 반감만 사게 되니까 도무지 좋을 게 하나도 없는 대응인 것이죠.

감정이 실린 행동은 그래서 언제나 선택할 수 있는 최악의 카드라는 것이고, 아무리 화가 날 상황이어도 일단은 기분을 누른 다음에 찬찬히 생각을 해보는 게 좋습니다. 어떻게 행동하는 게 내게 가장 유리하고 똑똑하게 처신하는 것인지를.

비단 층간 소음 문제만이 아닙니다. 저는 살면서 내가 어떤 부당한 일을 당했든, 그래서 안 좋아져버린 감정을 가지고 뭔가 행동했을 때, 도리어 내게 손해가 되거나 후회를 해보지 않은 적이 한 번도 없습니다. 정말 단 한 번도요. 때문에 그 사실은 언제나 내 삶의 매뉴얼에 아주 선명하게 기록되어왔죠. 감정을 실어서 행동하거나 뭔가를 결정하면 절대로 안 된다고.

인내하는 것은 당장은 힘들지만 우리에게 많은 것들을 가져다줍니다. 선택은 빨리 할수록 좋은 경우도 있지만, 많은 경우 충분히 시간을 두고 하는 것이 좋거든요. 특히 사람에 관한 선택이라면요.

선택은 남이 아닌 나를 위해서 하는 것

물론 저라고 관계에 있어서 항상 미숙한 선택만 했던 건 아닙니다. 저는 거의 평생을 인맥 콤플렉스에 시달렸는데요. 그 이유는 아버지가 정말 친구와 지인이 너무 많으셨어요. 때문에 저도 많은 사람들과 어울려야 한다는 강박이 심했죠. 저희 집은 친척도 많아서 집안 행사 한번 하면 손님이 한 천 명은 우습게 왔거든요. 그런데 막상 어른이 된 저는 음악을 23년 넘게 했으면서 단 한 명의 동료도 사귀질 못했으니 그것도 또 너무 극단적이었죠.

저는 항상 저한테 뭔가 문제가 있다고 생각했습니다. 아버지처럼 살려면 빨리 밖에 나가서 사람들을 좀 만나야 한다고 제 등을 떠밀 때도 많았죠. 어느 날 제가 평소 부러워하던 '친구가 엄청 많은 후배' 하나가 결혼을 하게 됐습니다. 식장에 가서 앉아 있는데 그 많은 하객들 중에 저 사람하고 친구 한번 해봤으면 좋겠다는 생각이 드는 사람이 단 한 명도 없는 거예요. 어째서 그랬을까요? 제가 너무 잘나서 그랬을까요? 아니면 그 결혼식을 찾은 사람들이 하나같이 별 볼 일이 없어서? 그게 아니라 나는 그냥 그런 사람이었던 거예요. 나는 많은 사람한테 매력을 느끼고 관계를 맺을 수 있는 타입이 아니라 한 사람을 만나더라도 조심조심 오랫동안 관계를 키워가는 타입인데, 그런 내 성향을 무시하고 무조건 많은 사람들과 어울리라고 스스로의 등을 그렇게 떠밀었으니, 그 시간들이 얼마나 힘들었겠어요.

그날 이후로 저는 소위 말하는 발 넓고 친구 많은 사람들을 더 이상 부러워하지 않게 됐습니다. 인맥이나 인연이란 것에 더는 연연을 안 하게 됐다고 할까? 그러고 나니까 휴대폰 속 연락처의 개수는 줄었는데 그에 반비례해서 내 마음은 훨씬 충만해지더라고요. 인생에서 꼭 그렇게 많은 사람들이 필요한 건 아니었는데. 항상 남에게 비치는 내 모습이 어떤지에 대해서만 신경을 썼지 진짜로 내가 바라는 나에 대해서는 생각해본 적이 없었던 거죠.

이 사실에서 우리가 교훈을 찾을 수 있다면 어떤 것이 있을까요. 선택은 남이 아닌 나를 위한 것이어야 하는데, 많은 사람들이 자신보다는 남을 위한 선택을 합니다. 내가 배우고 싶은 것보다 남 보기에 더 괜찮은 전공을 선택하는 경우도 있고 자동차를 살 때에도 내가 좋아하는 색보다는 남 보기에 튀지 않고 무난한 색을 선호하는 분들이 많죠.

그러니까 이게 다 무엇으로 귀결이 되냐 하면 결국엔 남의 시선이거든요. 2009년에 첫 책 『보통의 존

재』를 내고 인터뷰를 하는데 기자분이 그러시는 거
예요. 어떻게 친구가 없다는 사실을 남들 다 보는 책
에 글로 쓸 수가 있냐고. 자기도 글로 먹고살지만, 자
기도 친구가 정말 없지만, 나와 같은 고백을 절대 못
하겠다면서. 그러면서 저보고 진짜로 친구가 몇 명이
나 있냐고 슬쩍 물어보시더라고요. 얼마나 없길래 친
구가 '없다'라고 말하는 건지 남의 기준이 궁금했던
것이죠.

웃긴 건 뭔지 아세요? 이미 책에다 나 친구 없다고
다 써놓고선, 막상 누가 앞에서 대놓고 물어보니까
약간 망설이다가 제가 친구 숫자를 불려 말합니다.
왜 그랬겠어요?

부끄러워서. 남보기 부끄러워서.

왜 우리는 남의 시선이라는 게 그렇게 중요할까요.
내가 친구가 몇 명이나 있는지, 어떤 차림으로 어떤
동네에서 어떤 사람들과 어울리며 사는지가 남 보기
에 왜 그렇게 중요한 것일까. 당연히 저 역시 거기서
아직 완전히 자유롭지는 못하기 때문에 계속 갈망하
는 거죠. 좀 더 자유로워지고 싶다, 남들이 날 어떻게
생각하든 아무것도 가리거나 꾸미지 않아도 될 만큼
단단하고 자유롭게 살았으면 좋겠다, 이런 바람을 항

상 갖고 살죠.

저는 인생에서 가장 중요한 가치가 자유로움이라고 생각하거든요. 그게 없으면 인생은 결코 나다울 수도 없고 행복할 수도 없으니까요.

자유, 자유로움

저는 팬데믹이 오기 전부터 마스크를 써 버릇했습니다. 아파서 얼굴이 좀 상했거든요. 쓰니까 편하더라고요. 가뜩이나 원래 얼굴도 마음에 안 드는데 가리니까 얼마나 편해요. 덕분에 한 몇 년 잘 가리고 다녔습니다. 사적인 자리는 물론이고 방송, 인터뷰, 촬영 다 쓰고 했죠. 마침 또 써도 되는 세상이 됐고요. 그런데 얼마 전 이 강연 포스터에 들어갈 사진을 찍는 날이었어요. 누군가 작가님 마스크 한번 벗어주시죠 하는데 나도 모르게 머뭇거리게 되더라고요. 하도 가리는 것에 익숙해져 있다 보니 못 벗겠는 거죠. 그때 속으로 좀 놀랐습니다. 야, 이게 뭐냐. 난 편하려고 쓴건데 마스크의 노예가 되어버렸네. 그래서 몇 년 만에 고민을 했죠. 얽매이는 건 또 싫으니까요. 강연할 때 벗고 할까? 쓰고 하는 게 다른 신경 안 쓰이고 편하지 않을까? 나는 내가 마스크를 쓰는 그 행위가 다른 사람의 시선으로부터 나 스스로를 보호해주는 거라고 믿었는데 아니었던 거예요.

숨는 것과 자유로운 건 다른 거라는 걸 몰랐던 거죠.

그래서, 사실 지난번 1강 하던 당일 낮까지 결정을 못하다가 무대에 오르기 직전에 결국 벗었습니다. 뭐, 아무 일도 없더라고요. 내 얼굴 보고 쓰러져서 실려가는 사람이 있는 것도 아니었고. 저도 제 얼굴이 쥐구멍에 숨고 싶을 만큼 부끄럽진 않았으니까. 저 나름대로는 용기 있는 선택을 한 덕분에 이렇게 또 한 발자국 자유로워진 거죠.

너무 좋아요. 가리지 않으니까(여러분은 좀 힘드시겠지만).

한 사람을 살린 선택

이제 이야기를 마쳐야 할 시간이 온 것 같은데요. 아마도 저라는 사람의 평생을 한 문장으로 설명한다면 조금이라도 더 자유로워지기 위한 여정이었다, 라고 말할 수 있을 겁니다. 그럼 그 자유로움은 어디에서 오느냐. 타인의 시선으로부터 구애받지 않을 때 생기겠죠.

저를 직접 만나거나, 제 글을 읽으시는 분들은 저보고 어떻게 그렇게 솔직하냐, 나 같으면 그런 얘기 바깥에다 못 할 것 같은데, 이런 말씀을 참 많이 하세요. 제가 오늘 그 비결을 조금 알려드릴게요.

만약 여러분께서 어떤 사람이 되길 바라면 당장 그렇게 되지는 않더라도 그 생각을 놓지 마세요. 그냥 갖고만 계세요. 그럼 시간은 좀 걸리지만 내가 원하는 사람에 결국 가까워집니다. 사람은 변하지 않는다는 그런 말 믿지 마시고, 언제든 조금이라도 더 나은 사람이 될 수 있다고 믿어보세요. 그럼 무의식 속에서 계속 다른 사람이 되고자 하는 마음이 결국 나를 변화시킵니다.

그게 저는 더 자유로운 사람이 되는 것이었죠.

오늘 더 많은 이야기를 드렸어야 했는데 시간 관계상 나머지는 질의응답 시간으로 미루기로 하고, 마지막으로 우리가 살면서 내가 하는 선택도 중요하지만 남에게 선택을 받는 것도 굉장히 중요하거든요. 혼자 사는 세상이 아니기 때문에 어떤 사람이 내게 손을 내밀어주는가에 따라 인생이 완전히 달라지기도 하니까요.

첫 책을 냈을 때 인터뷰를 하고 있는데 어떤 분이 저만치 구석에서 저를 유심히 보고 있더라고요. 그러곤 인터뷰가 끝나니까 제게 와서 몇 마디 물어보시더니 가셨고 그 뒤로 연락이 없었죠. 이게 무슨 상황인지 아시겠어요? 나중에 알고 보니까 이 분이 업계에서 영향력이 꽤 있는 분이었는데, 나를 소위 말하는 자기 라인에 넣어줄까 말까를 판단하러 온 거더라고요. 아마 제가 그분의 눈에 들지 않았으니까 그 뒤로 볼 일이 없었겠죠?

살면서 이런 식으로 선택받지 못하는 경험은 꼭 저처럼 창작자가 아니더라도 누구나 있을 것 같은데요. 제가 1강 때 이 세상은 사람의 지옥이다, 뭐 이런 말도 했었지만 인간은요, 사람한테 한 열 번 스무 번 데이다가 막상 한번 감동을 받잖아요? 그럼 그 힘으로 또 삶을 살아갈 수 있습니다. 주유소에 가서 기름 넣듯이 연료 공급을 받는 거죠. 누군가 날 외면하면 연료는 소모되고 누군가 내게 손 내밀면 충전이 되는 것처럼요.

저에게도 그런 잊을 수 없는 충전의 기억이 있는데요. 출판사에서 출간 제안이 온다며 거짓말을 한 뒤에 실제로 출판사 분들을 만나게 됐는데, 막상 진짜로 기회가 오니까 무섭더라고요. 저는 그냥 신문 잡지 같은 곳에 짧은 글, 그것도 의뢰를 하는 쪽에서 늘 주제를 정해주는 대로만 써왔는데, 갑자기 내 얘길 책 한 권 분량이나 써야 한다는 게 자신이 없었던 거죠. 그래서 하고 싶다고 할 땐 언제고 막상 제안이 왔을 때는 뒤로 뺐어요. 그랬더니 누군가 제게 이렇게 말을 해주는 거예요. 어쩌면 저는 그분의 그 말 때문에 지금 이 자리도 설 수 있게 되었는지 모르겠습니다. 그분이 누구냐면 여러분 잡지 〈페이퍼〉 아시죠? 거기서 편집장을 하시던 황경신 편집장님이 그 주인공인데 그분이 저한테 그러시는 거예요.

당신은 평생 글을 써야 해요. 그러니까 얼른 책을 내세요.

사람은, 외롭고 때로는 각박하기까지 한 삶을 살면서 자기를 증명하느라 애를 써야 할 때도 많습니다. 그럼에도 불구하고 나를 의심하고 외면하거나 불러주지 않는 사람들이 얼마나 많아요. 그럴 때 어느 한 명, 나보다 더 나를 믿어주는 사람을 만났을 때의 그 감동은 평생을 갑니다. 그때 그분이 저에게 그렇게 따뜻하게 손을 내밀어주지 않았더라면 저는 아마 저에게 필요한 온기를 다 채우지 못한 채로 너무 춥게 살아왔을지도 모릅니다.

누군가의 선택이 한 사람을 살린 거죠.

여러분도 더 나은 사람이 되기 위한 많은 선택들을 하고 또 받으시길 바라면서 오늘 이 시간 마치겠습니다. 대단히 감사합니다.

○ 내 뜻대로 해서 성공할 수도 있지만 실패할 경우에는 내 고집 때문에 망쳤구나, 하는 자책감이 듭니다. 이럴 때 내 중심을 지키기 위해서는 어떤 마음가짐이 필요할까요?

● 글쎄, 마음이란 건 아무리 굳게 먹어도 상황에 의해 좌우되는 측면이 크니까 일단은 내 상황을 좋게 만드는 게 중요할 것 같아요. 일이 한번 안 되면 계속 안 되는 이유는 어떤 결과든 다음 일의 성패에 영향을 주기 때문이거든요. 그 연속되는 상황을 막으려면 실패가 아닌 성공하는 경험을 반복해서 맛보는 게 중요하죠. 이때 주의할 점은 큰 걸 노려서는 안 된다는 겁니다. 왜냐하면 일의 규모가 작을수록 잘될 확률이 높기 때문에 일단은 작은 것부터 시작해서 성공의 경험치를 늘려가다 보면 자신감도 늘어나고 점점 더 큰일까지 잘 하게 되는 선순환이 오거든요.

제가 슬럼프에 빠진 지가 근 5년이 넘었는데 저는 계속 큰 거 한방으로 상황을 뒤집으려고 했습니다. 그러니까 더 안 되고 실패의 수렁만 깊어갔죠. 결국 저를 거기서 빠져나오게 한 건 무슨 책이 대박 나고 그런 큰 사건이 아니라 달랑 500자짜리 아주 작은 원고 한 편이었어요. 어떤 곳에서, 분량은 적은 대신 원고료는 많이 준다 길래 썼는데, 쓰고 보니 내 보기에도 글이 괜찮고 의뢰를 한 쪽도 좋아하는 거예요. 놀랍게도 이 작은 성취감이 제가 근 5년간 겪었던 거의 유일한 성공의 경험이었죠. 그저 짧은 원고 한 편에 주어진 소소한 칭찬 한마디.

그게 불씨가 되더니 그다음부턴 모든 게 잘되더라고요. 그보다 조금 더 긴 글, 또 이 한 시간짜리 강연의 원고. 작은 성공이 거듭되면서 점점 더 큰 성공을 부르는 좋은 리듬이 드디어 저를 찾아온 거죠.

결론은 내 중심을 지키려면 스스로 성공하는 경험을 가능한 한 많이 맛보게 해주자. 그러기 위해서는 큰 걸 욕심내지 말고 작은 것부터 시작하자. 답변이 되셨으면 좋겠네요.

○ **인생에서 운이 중요하게 작용을 한다고 하셨는데, 일상에서는 얼마나 영향을 미친다고 보시는지 궁금합니다.**

● 일상이든 인생 전체를 통해서든 운은 매우 중요하게 작용을 하죠. 최선을 다해 삶을 살면서 뭔가 이루려고 할 때마다 운이라는 게 너무 크게 개입을 하다 보니 저는 자연스럽게 운명론자가 됐거든요. 인간이 자기

삶을 노력이나 의지만으로 통제할 수 있는 게 아니라는 사실을 알게 된 거죠. 제가 이런 말을 하면 그럼 노력할 필요가 없겠다고 대꾸를 하는 분도 계시는데 운과 노력은 배치되는 개념이 아닙니다. 운이 있든 없든 사람은 맡은 일을 성실히 해야 한다는 사실에는 변함이 없죠. 다만 소위 말하는 성공을 했다는 사람들의 인터뷰를 보면 거의 예외 없이 운의 중요성에 대해 말하고 있거든요. 어째서 그렇게 재능도 많고 노력도 살벌하게 하는 사람들이 그토록 운을 강조할까요.

그 누구보다 최선을 다해봤기 때문에 아무리 노력해도 되지 않는 일이 삶에서 얼마나 많은지를 아는 거죠.

올해 롯데 자이언츠의 이대호 선수가 은퇴를 하는데 성적이 무려 타격 1위거든요. 당연히 사람들이 말렸겠죠. 그렇게 잘하는데 은퇴하지 마라, 팀 우승 한번 시키고 그만둬야 하지 않겠냐 그러니까 이대호 선수가 그러더군요. '제가 미국에서 롯데 우승시키려고 6년 전에 돌아왔는데 우승은 하늘이 정해주는 것 같습니다.' 저는 야구를 좋아하기 때문에 선수들이 이렇게 말하는 걸 정말 많이 들어봤거든요. 아무리 최선을 다해도, 개인의 노력만으로는 할 수 없는 일이 있다는 거죠.

물론 그 사실이 주는 교훈은 그러니까 노력해도 소

용없다는 게 아니라 혹 결과가 내 성에 차지 않더라도 너무 자신을 탓할 필요는 없다는 데에 있겠죠.

○ **저도 강박처럼 소비를 하는데 결국에는 허망해지더라고요. 작가님에게 있어서 궁극적인 삶의 원동력은 무엇인지 궁금합니다.**

● 저는 어머니입니다. 즉, 제 삶의 원동력은 유한성에 있다는 거죠. 삶이 한 번뿐이라 언젠간 끝나기 때문에 소중하고, 그래서 최선을 다해서 잘 살고 싶고, 계속 저를 버전 업 해가고 싶은 마음이 있는 거죠. 우리는 왜 효도를 할까요. 부모님과 지낼 수 있는 시간이 영원한 게 아니다 보니 그분들 생각하면 마음이 아프고 뭐라도 더 해드리고 싶고 말 한마디 자상하게 하지 못한 거 후회하고 그러는 거잖아요.

제가 처음으로 이 세상이 참 귀하고 너무 아름다운 곳이구나 생각한 게 언제냐면, 서른아홉에 평생 못 고친다는 난치성 희귀병 진단을 받았을 때였습니다. 그때가 첫 책 『보통의 존재』를 쓰던 때였는데요. 글을 쓰다가 화장실에 가서 변기에 앉으면 시뻘건 핏물이 막 쏟아집니다. 사람이 자기 몸에서 피가 나오는 걸 보면 무섭고 우울해지잖아요. 그럼 컴퓨터 앞으로 냅다 가서 또 막 글을 써요. 무서우니까. 그러곤 이제 더 이상 글을 쓸 수 없을 만큼 머리가 방전이 되면 집 밖으로 산책을 나가는데 그때 바라보는 동네 풍경들, 사람들, 꽃들이 너무 아름다운 거예요. 젊어서는 길가에 피어 있는 꽃 한 송이를 봐도 그저 어딘가에 늘 피어 있는 흔하고 당연한 존재로 인식했다면, 나이가 들고 이런저런 풍파를 겪으면서는 저 아름다운 꽃이 곧 시든다는 걸 아니까 세상 풍경이 좀 더 각별해지는 것과 같죠. 귀하게 여길 줄 알게 된다는 거예요. 우리 인생 역시 유한하다는 걸 점점 더 선명하게 자각을 하니까.

봄 되면 만개하는 벚꽃이 1년 365일 내내 온 세상 천지에 피어 있으면 그게 특별할까요? 그렇지 않으니까 그 찰나의 순간을 느끼려 사력을 다하는 것이죠.

○ 작가님의 정상성에 대한 결핍과 같은 걸 저는 과거에 대한 제 감정에서 느낍니다. 과거의 선택에 얽매이지 않고 자책을 덜 할 수 있는 방법이 있을까요?

● 저는 후회를 잘 안 하는 편이어서요. 만약 내가 타임머신을 타고 예전에 했던 선택을 되돌리기 위해 어

떤 순간으로 돌아갈 수 있다고 해도, 저는 어쩔 수 없이 저이기 때문에 같은 선택을 할 수밖에 없다고 생각하거든요. 그래서 되돌릴 수 없는 일에 미련을 갖기보다는 오로지 지금에 충실하는 게 현명한 일이 아닐까 생각합니다.

영화 〈히트〉에서 주인공이 범죄를 저지르고 마지막 순간에 도피를 해야 하는데 망설이다 복수를 택하거든요. 결국 도망갈 타이밍을 놓친 그는 형사에게 죽임을 당하죠. 복수만 포기했어도 살 수 있었는데 사람의 기질이라는 게 그렇게 무서운 것이죠. 설령 내 목숨이 달아나는 한이 있더라도 나를 밀고한 놈에게 앙갚음을 해주지 않고는 못 견디겠는 거예요. 그가 한 행위나 그 선택이 옳았다는 게 아니라, 몇 번을 다시 돌아가도 그는 그렇게 했을 것이기 때문에 후회는 무의미하다는 거죠. 아마 그 사람은 죽어가면서도 자기 선택을 후회하진 않았을 거라고 저는 생각합니다.

○ 저도 작가님처럼 여러 사람들과 어울려야 한다는 생각에서 벗어나 마음이 편해졌습니다. 그런데 친구 하나가 자꾸만 저를 사람들 틈으로 떠미네요. 그 과정에서 스트레스를 받게 되는데 제가 단단하지 못하기 때문일까

요? 이런 저라도 앞으로 더 단단해질 수 있을까요?

● 글쎄요. 질문을 주신 분이 단단하거나 그렇지 못하거나의 문제는 아닌 것 같은데요. 중요한 건 내가 원하는 게 뭔지를 먼저 알아야 할 것 같습니다. 사실은 내가 다른 사람들과 어울리길 원하는데 못 하고 있는 거라면, 그럴 때 친구가 내 등을 떠밀어주는 것이라면 고마운 일이겠죠. 하지만 내가 원하지도 않는데 친구가 억지로 그러는 거라면 얘기를 해야 하지 않을까요? 날 생각해주는 건 고마운데 나는 사람들이랑 어울리는 시간이 별로 즐겁지 않다. 나는 너랑 있으면 충분하거든. 이런 식으로 얘기를 해보면 어떨까 합니다.

○ 저는 운이란 내가 예측하지 못한 모든 요소라고 생각합니다. 그래서 스스로 얼마나 성장하는지에 따라 운의 범위도 줄어들 수 있다고 생각하는데요. 작가님의 운에 대한 정의가 궁금합니다.

● 운에 대한 얘기는 앞서 충분히 드린 것 같습니다. 당연히 인간은 자신에게 닥쳐올 모든 것들을 예측할 수는 없는데요. 그것은 누군가 성장하고 애를 쓴다고

해서 가능한 일은 아니라는 뜻이죠. 저도 누구보다 노력을 하는 사람이었고 당연히 내 삶의 모든 것들을 통제하려고 들었기 때문에 운의 역할을 인정하기까지 시간이 걸렸습니다. 하지만 아주 잠깐만 생각해봐도 인간이 자기 삶에서 뭔가를 뜻대로 할 수 있는 영역은 정말 많지 않거든요. 만약 여러분이 친가 외가 전원이 대머리인 집에서 태어났다고 칩시다. 그럼 다가올 탈모를 노력으로 극복할 수 있다, 없다. 대답할 필요도 없는 것이죠. 그리고 그건 누구의 탓도 아니잖아요. 그저 내가 누구 자식으로 태어나는가 하는, 전적으로 운에 따른 결과일 뿐이니까요.

신호 대기에 걸려서 가만히 서 있는데 지나가던 차가 그냥 와서 들이받는 걸 어떤 노력과 조심성으로 막을 수 있을까요. 어느 대학을 가느냐에 따라 인생이 달라지는 나라에서 어떤 경제력과 교육 수준을 가진 부모에게서 태어나느냐가 엄청난 변수가 되는데, 자기 노력으로 부모를 선택할 수 있는 사람이 있나요?

이렇듯 인간은 오는 사고를 자기 노력으로 막을 수도 없고 자기 의지로 원하는 부모에게서 태어날 수도 없습니다. 내 외모, 내 재능, 내 기질과 성품 등 인생에서 가장 중요한 부분들이 운과 환경에 의해 결정된다는 얘기죠. 그리고 그것들이 내 삶에 끼치는 영향은 시간이 흐르고 나이를 먹는다고 해서 줄어들지는 않습니다. 오히려 나이를 먹을수록 더 발목을 잡을 때가 많죠. DNA라는 게 괜히 무서운 게 아니거든요. 아마 질문 주신 분의 그런 '운의 개입조차 내 노력과 성장으로 최소화시키겠다'는 태도 역시, 저는 그런 삶의 적극성을 너무나 존경하지만, 그것조차 부모님에게서 물려받은 기질 덕분일 확률이 높을 거라고 저는 생각합니다.

저 역시 운명론자이긴 하지만, 무슨 일이든 절대로 포기하지 않는 근성을 가졌는데, 이는 정확히 제 어머니에게서 물려받은 선물이거든요.

심지어 사람마다 행복을 느낄 줄 아는 능력이 다 다른데, 그것조차 유전에 의해서 결정된다는 것 아닙니까.

물론 다시 한번 강조드리지만 제가 운의 중요성에 대해 말하는 이유는, 그러니 노력할 필요가 없다는 것이 아닙니다. 어쩌면 그래서 더 노력해야 하고, 다만 중요한 건 모든 게 내 탓은 아니라는 것. 저는 그 말씀을 드리고 싶을 뿐이죠.

○ **작가님이 최근에 느낀 가장 선명한 행복은 무엇일까요?**

● 바로 지금입니다. 이 강연을 준비하고 이렇게 무대에 서서 행하고 있는 지금 이 순간이요. 제가 그토록 바라던 열정과 재미와 보람이 드디어 저를 찾아왔기 때문이죠. 불과 얼마 전까지 제게 글은 쓰기 싫은데 돈 때문에, 계약 때문에 하는 수 없이 써야 하는 것이었지만 이젠 달라요. 여전히 내게, 사람들에게 하고 싶은 말이 남아 있다는 사실을 알고 나니까 원고를 쓰느라 아무리 밤을 새워도 피곤한 줄을 모르겠는 거예요. 야, 이런 거구나. 좋아서 내켜서 뭘 한다는 건 이렇게 좋은 거구나. 그래서 저한테는 이 강연의 모든 과정들이 너무나도 행복한 순간이었습니다.

○ **선택에는 대가가 따른다고 하셨잖아요. 음악을 좋아했다가 일이 되면서 싫어졌다고 하셨는데 그럼에도 불구하고 하길 잘했다고 생각하신 순간이 있으신가요?**

● 있습니다. 평생 뭔가를 즐기는 향유자로서 남을 평가하기만 하다가 음악을 하면서 비로소 나도 평가를 당하는 입장이 됐거든요. 스스로 그런 처지가 되도록 선택한 일을 두고두고 잘했다고 생각을 해왔어요. 그 일이 힘든 것하고는 별개로요. 왜냐하면 뭔가를 평가

하고 즐기는 사람과 그 뭔가를 만드는 사람의 세계는 겪어보니 너무나도 달랐기 때문에 저는 거기서 굉장한 충격을 받았습니다. 만약 내가 그런 선택을 하지 않았으면 나는 평생 이 세상의 반밖에, 아니 훨씬 더 작은 부분밖엔 알고 경험하지 못했을 것이기 때문에, 힘들어도 경험할 만한 가치가 있는 일이었다고 생각합니다. 여러 입장이 되어보면서 세계를 보다 넓게 이해한다는 측면에서는요.

○ 저는 일의 특성상 선택을 많이 해야 하는 직업이에요. 디자이너인데, 많지 않은 선택지를 놓고 늘 선택을 해야 하다 보니 일상생활을 해도 뭔가를 선택하는 것 자체가 힘이 들거든요. 작가님은 뭔가를 선택하셨을 때 후회를 하거나 스트레스를 받지는 않으시는지 그 부분에 대한 관리는 어떻게 하시는지 궁금합니다.

● 저 역시 평생 선택에 찌들어 살다시피 한 입장에서 말씀드리면, 올바르고 정확한 선택을 하기 위해서는 체력이 중요하다고 생각합니다. 저 같은 창작자도 결국 이것과 저것 중에 어느 게 더 나은지를 끊임없이 고민하고 선택하는 사람이잖아요. 그래서 가능한 한 악착같이

쉬려고 애를 씁니다. 무엇보다 머리가 신선한 상태에 있어야 선택의 정확도도 높아지고 지치지 않을 수 있으니까요.

○ 새로운 삶을 살고자 음악을 그만두었는데 이후의 삶이 별반 달라지지 않았다고 하셨잖아요. 그럼 음악을 다시 선택할 일은 없으실까요?

● 저는 인생에서 어떤 굳은 결심을 한다던가, 뭔가 결론을 내리는 일 같은 건 부질없다고 생각하거든요. 사람은 언제든지 변할 수 있기 때문이죠. 또 저는 저라는 사람이 음악을 하고 안 하고가 이 세상에서 그렇게 중요한 문제라고 생각하질 않아요. 그래서 그냥 언젠가 상황이 되면 할 수도 있고, 아니면 안 하는 거고, 그런 정도의 생각을 하고 있습니다.

○ 대중적인 곡을 원했기 때문에 개성을 살릴 생각을 하지 못했다고 말씀하시는 걸 들으면서 후회의 뉘앙스를 느꼈거든요. 그런데 후회하는 성격은 아니라고 하시니까……

● 맞아요. 저에게는 드문 감정인 거죠. 살면서 어떤 개별적인 일에는 별로 후회를 안 하는 편인데 지나온 삶 전체를 돌이켜보니 그런 아쉬움이 들더라고요. 어쩌면 세상에 나를 맞추는 일과 온전히 나 자신으로서 살아가는 일 중에서 어느 쪽을 택해야 하는지를 여전히 고민하고 있어서 그런지도 모르겠습니다.

début

오늘은 글쓰기만이 아니라 음악까지 포함해서 창작 전반에 관해 말하고자 하는데요. 저에게는 27년 동안 해온 그 두 가지 일이 서로 다른 것이 아니었기 때문에, 굳이 구분 짓지 않고 함께 다루게 되었습니다. 이번에도 창작이란 무엇인가 하는 일반론적인 이야기들은 빼고, 창작자로서 제가 직접 느끼고 경험했던 것들을 가지고 저만이 할 수 있는 이야기들을 해볼까 합니다.

창작이라는 게 결국 그만이 할 수 있는 뭔가를 하는 거잖아요. 저는 창작자로서 대단한 성공을 거둔 사람은 아니지만 사람들이 볼 때 누군가가 뮤지션 이석원의 자리를 대신할 수 있을 거라거나, 이석원이 쓰지 않은 『보통의 존재』 같은 걸 상상하기란 어려울 거라고 생각하거든요. 그래서 오늘 감히 그런 믿음을 가지고 몇 말씀 드려보겠습니다.

창작자로서 저의 공식적인 데뷔는 1996년에 발표한 첫 앨범이 되겠습니다만, 제가 생각하는 조금 더 특별했던 첫 순간이 있습니다. 다들 아시겠지만 저는 PC통신 음악 동호회에서 있지도 않은 밴드의 리더라고 거짓말을 하는 바람에 음악을 시작하게 됐거든요. 2강 때도 말씀드렸는데 그런 일을 벌이는 것 자체만으로는 할 수 있는 게 없기 때문에, 그다음 단계로 어떻게 가게 되었는지를 봐야 하는데요.

형제가 중심이 된 팀이죠. 영국 맨체스터 출신의 밴드 오아시스가 처음 만들어졌을 때는 기타리스트이자 작곡을 담당했던 형 노엘 갤러거가 아직 없는 상태였습니다. 어느 날 동생 리엄이 밴드를 한다니까 형 노엘이 구경을 가게 되는데 합주를 마친 멤버들에게 노엘은 이 한마디를 합니다.

너희는 쓰레기라고.

왜 그랬을까요. 동생이 하는 밴드가 자작곡이 없이 남의 노래만 카피하고 있었거든요. 밴드란 창작을 하자고 모인 집단인데 거기에 대한 이해나 의지가 전혀 없었던 거죠.

어쩌면 제가 만들었던 가상의 밴드 언니네이발관도 의미 없는 하나의 해프닝으로 끝날 수도 있었습니다. 1994년 6월에 제가 음악 마니아 자격으로 한 라디오 프로그램에 나갔는데 선곡해간 곡들을 쭉 틀고 있던 중이었어요. 한 곡이 끝날 무렵 갑자기 같이 간 형이 디제이한테 그러는 거예요.

선생님, 이 친구가 밴드를 하고 있는데 이름이 아주

재미있습니다.

그러곤 음악이 딱 끝났고 마이크가 들어왔죠. 무슨 음악을 하길래 이름이 그러느냐 웃으면서 물어보는 디제이에게 전 사실대로 말하지 못했고, 그렇게 PC 통신 음악 동호회에서 장난처럼 벌였던 일은 졸지에 전 국민을 상대로 한 거대 사기극으로 확대가 되어버립니다.

해프닝을 현실로

물론 아무리 방송에서 그랬다고 해도, 여전히 이름뿐인 상태에서 그다음 단계로 가지 못하면 그 모든 건 그냥 해프닝일 뿐인 거잖아요. 음악 동호회에서 이름 좀 특이하게 지어서 화제가 됐기로서니 막상 곡이라고 나왔는데 별 볼 일이 없으면 사람들이 더 무슨 기대를 하겠어요. 그런데 일이 되려고 그랬는지 그 방송에서 1년 있다가 저를 또 부르더군요. 그래서 다시 나갔을 때는 친구의 권유와 도움으로 제가 만든 곡을 틀게 되는데, 이게 그만 대박이 나고 맙니다. PC통신 음악 동호회 게시판들이 난리가 난 거예요. 곡 너무 좋다. 이석원 천재였네. (웃음)

'95년 6월 1일

이삭은 한국 최고의 ● 6080대중음악 주관 프로인
전영혁의 음악세계에 연나의 이삭관의 노래가
두곡 씌이나 나는 놀이다. 방송 ㅁ로 내 노래가
나오다니... 그냥 베토벤과 미켈동에는 4분
간사의 고독이 쓰났졌다. 기뻤다. 새들이 나는
곡곡과와. 헤나... 났다.
연나의 이삭관 은 벽써부터 녹음작업 으로 소음이 그득

그래서 그 뒤로 한 20년 넘게 음악을 한다는 스토리
인데, 한 가지 기억나는 사실은 그때 방송에 나간 곡
을 앨범에 넣느라고 나중에 스튜디오에 가서 제대로
녹음을 하거든요. 그런데 이상하게 방송에서 튼 데모
보다 오히려 정식으로 녹음한 곡이 더 안 좋은 거예
요. 마치 다른 곡인 것처럼.

어째서 친구 집에서 간소한 장비로 녹음한 데모가
비싼 스튜디오에 가서 전문 엔지니어가 녹음을 해준
것보다 더 좋게 들릴 수 있었을까요. 당시 데모의 녹
음 장비는 친구의 가정용 아날로그 카세트 녹음기였
는데 이게 디지털 장비가 아니다 보니까 약간의 잡음
이 끼었거든요. 그런데 그 잡음이, 처음엔 거슬려서
지우고만 싶던 노이즈가 나중에 보니까 꼭 LP 잡음처
럼 곡을 따뜻하게 감싸주면서 오히려 더 좋은 사운드
를 내주더라는 거죠.

그 얘기는 만약 방송이라는 이유로 좀 더 격식 있

게 한답시고 스튜디오에 가서 제대로 녹음을 해서 틀었으면, 언니네이발관은 어쩌면 세상에 존재하지 못했을 수도 있었다. 왜, 반응이 없었을 테니까.

결국 제 운명을 바꾼 잡음이 데모에 들어간 것도, 또 그 잡음을 없앤 대가로 오히려 곡의 매력을 잃어버리게 되는 것도, 다 제가 의도해서 한 일이 아니었기에, 운이라는 건 그렇게 저를 음악을 하게 해주기도 하고 막상 하게 됐을 땐 또 저를 좌절케도 만드는 얄궂은 존재였죠.

나의 글쓰기 이력

저는 아주 어려서부터 손으로 일기를 썼습니다. 다른 애들하고 달랐던 점은 남들은 보통 일기를 숨겨가며 쓰는데 저는 식구들 보라고 일부러 책상 위에 펼쳐놓고 다녔거든요. 그러니까 저라는 아이는 일기조차 남이 봐주지 않으면 의미가 없는 것이고, 그래서 결국 나중에 무대에 설 수밖엔 없지 않았나 생각합니다. 제 책을 읽은 독자들이 어떻게 이런 얘기까지 할 수 있냐고 흔히 말씀을 해주시지만, 저는 오히려 제 얘기를 못 하면 그게 문제지 하는 건 전혀 문제가 안 된다는 거죠.

그렇게 일기를 계속 쓰다가 스무 살이 넘어서는 음악을 좋아하니까 PC통신 음악 동호회에 글을 많이 썼습니다. 애초에 방송엘 나갔던 것도 같은 동호회 회원 형이 제 글을 보고 방송국에 소개를 시켜준 거였거든요. 마찬가지로 음악 잡지사에서도 제가 통신에 쓴 글을 보고 저를 객원기자로 채용을 하기도 했고요. 그렇게 기사도 쓰고 인터뷰도 진행한 것이 저의 프로로서의 글쓰기 이력의 시작이었죠. 돈 받으면 프로니까요.

그 뒤로 지금까지 신문, 잡지, 사보 등 각종 매체들에 돈을 받고 글을 써서 넘기는 필자 생활을 근 30년째 해오고 있고, 음악 비평가 혹은 동호인으로서 일간지에 제 이름을 걸고 칼럼 연재를 하기도 했고, 문화 전반을 다루는 잡지도 직접 만들어서 발행인 겸 기자도 해보고, 그러면서 여기까지 왔죠.

참 열심히 살았죠? 어떻게 보면 음악보다 글쓰기를 더 먼저 하고 훨씬 왕성하게 해온 것도 같은데, 이번에는 창작자로서 제가 중요하게 생각하는 것들에 대해 말씀을 드려보겠습니다.

양의 함정

일단 창작은요, 입력이 있어야만 출력도 가능합니다. 그렇죠? 읽은 게 있어야 쓸 수가 있고 들은 게 있어야 곡도 만들 수가 있는 거니까요. 제가 악기를 처음 잡자마자 곡을 썼거든요. 그렇다고 무슨 특출난 재능이 있어서는 아니고 워낙 어려서부터 음악을 들어왔기 때문에 제 안에 저도 모르게 곡 만들기나 음악의 여러 부분에 대한 학습이 되어 있었던 것이죠.

그래서, 창작을 하는 데 있어서 입력하는 것이 가장 기본적인 준비라면, 다르게 말하면 어떤 걸 입력하느냐에 따라 출력의 질이나 형태도 달라질 수가 있다는 얘기도 될 겁니다. 한마디로 입력의 내용이 중요하다는 건데 가수 조하문 씨가 예전에 이런 말씀을 하신 적이 있습니다.

당신이 평생 100장의 앨범을 들었으면 그 100장 안에서 당신의 음악이 나오고 천 장의 앨범을 들었으면 그 천 장 안에서 곡이 나온다. 이 얘기는 뭐냐면 입력을 많이 하면 할수록 확률적으로 더욱 풍부하고 윤택한 출력이 가능하다. 즉, 내가 살면서 쌓은 데이터가 많으면 많을수록 그게 다 창작을 위한 재료이자 무기가 된다. 뭐 이런 얘기가 되겠는데요.

그래서 내가 하고자 하는 분야의 경험을 최대한 많

이 하면 좋다는 건데 여기서 한 가지 짚고 넘어갈 점은, 그렇다고 해서 양만 충족이 되면 정말 의미 있는 출력이 가능할까요? 정말 그렇다면 음악 많이 들은 순서대로 좋은 곡을 써야 되는데 창작이 그렇게 단순한 게 아니잖아요. 책도 그렇죠. 자기가 읽은 책 1년에 100권, 200권씩 SNS에 올리는 분들 중에 아주 기초적이고 기본적인 문장 하나 제대로 쓰지 못하는 사람들도 많습니다. 본인은 모르죠. 자기가 읽은 책의 권수에 취해 있으니까.

그래서 저는 입력을 할 때 이 양이라는 함정에 빠지지 말 것을 항시 당부드리는데요. 양이라는 것은 질에 비해서 훨씬 덜 추상적인 개념이죠. 그렇기 때문에 측정하기가 쉽습니다. 측정하기가 쉽다는 건 수월하게 수치화할 수 있다는 것이고, 이런 특성은 내가 무언가를 했을 때 질보다 훨씬 명확하고 손쉽게 어떤 성취의 지표로 삼을 수가 있다는 것이죠.

바로 거기에서 함정이 생기는 것이고요.

단적인 예로 우리가 터덜터덜 20분을 걷는 것과 단 5분이라도 바른 자세로 집중해서 달리기를 하는 것 중 어느 것이 더 운동의 효과가 클까요. 이렇게 세부적으로 들어가서 행위의 종류와 질을 따지기 시작하면, 이미 20분과 5분이라는 양의 차이는 무의미해지고 말죠. 책도 마찬가지입니다. 많이 읽는 자체가 안좋다는 게 아닙니다. 책을 그저 유희로 읽는 거면 무슨 책을 몇 권을 읽든 상관이 없겠죠. 하지만 뭔가를 얻고자 한다면 단순히 권수를 채우는 것보다는 어떤 책을 어떤 방식으로 읽느냐가 더욱 중요하다는 얘기입니다.

결국 자기가 어떤 걸 선택하느냐에 따라서 입력의 질이 달라지기 때문에 무엇보다 이 고른다는 행위, 즉 좋은 작품, 나아가 세상의 좋은 것들을 알아볼 줄 아는 능력을 기르는 것이 너무나 중요합니다. 때문에 그러한 능력, 즉 안목과 판단이라는 부분이 저는 창작 인생 전체에 걸쳐서 가장 중요한 것이라고 생각하는데요. 그게 모든 걸 좌우하기 때문에 그렇습니다.

나를 이루는 판단과 안목에 대해

작가님. 창작자에게 가장 중요한 건 실력이 아닐까요?

맞습니다. 너무 당연한 말씀인데, 그 실력을 어떻게 기를 것이며 어떤 종류의 실력을 기를 건지는 내 안목과 판단에 달려 있거든요. 여러분이 장차 뮤지션이 되고 싶어요. 그러면 실용음악과를 가시겠어요, 아니면 다른 길을 택하시겠어요. 거기서부터 벌써 음악가로서 그 사람의 운명이 갈리는 거거든요. 자신의 안목과 판단에 의해서.

 똑같이 노래를 잘하는 가수들이 있어도 어떤 곡을 선택해서 부르느냐에 따라 그 가수의 격과 이미지가 달라지는 경우를 흔히 보셨을 겁니다. 어째서 둘 다 노래를 기가 막히게 잘하는데 누구는 디바가 되고 누구는 기예만 자랑하다 사라지는 신세가 되고 마는 걸까요. 결국 모든 게 내 안목과 판단 그리고 감각과 취향의 소관입니다. 스스로 곡을 쓰든 못 쓰든, 어떤 곡을 부를 것인지는 가수 본인이 결정하는 것이기 때문에.

창작이란 결국 선택이라는 행위를 무한히 반복하는 일입니다. 작가는 평생 단어를 고르고 주제를 고르고 문장을 선택해야 하죠. 음악가나 디자이너라면 어떤 스타일을 선택하느냐에 따라 운명이 바뀔 수도 있겠죠. 어떤 분야가 됐든 창작자라면 수많은 선택지 중에 어느 것이 최선인지를 끊임없이 고민할 수밖엔 없고, 그 고민의 결과가 그 사람의 인생을 좌우하게 됩니다. 그 선택과 판단을 할 때 제일 중요하게 작용하는 안목과 판단력이 어떻게 중요하지 않을 수가 있겠어요.

스파링

그럼 관건은, 그렇게 중요한 능력을 어떻게 기를 수 있을 것인가, 하는 점이 될 겁니다. 제가 선택한 답은 실전實戰입니다. 사람은 자기 자신이 어느 정도의 수준인지를 스스로의 힘으로는 알 수 없습니다. 단지 안다고 믿을 뿐이죠. 거울 속 내 모습에 스스로 주는 점수와 남들이 매기는 점수가 같지 않잖아요. 대개는 내가 나 자신에게 주는 점수가 더 높기 마련이잖아요. 창작자는 그런 나와 세상의 불일치의 간격을 가능한 한 줄여야 승률을 높일 수가 있는데, 그러려면 답은 남한테 물어보는 수밖엔 없다는 거죠.

제 얘기를 해볼게요. 저는 책을 거의 읽지 않은 상태에서 글을 쓰고 첫 책을 냈거든요. 남들과 같은 어떤 통상적인 입력의 과정을 거치지 않은 것이죠. 대신 저는 처음부터 무조건 실전을 치렀습니다. 거창하게 앨범이나 책을 내는 걸 말하는 게 아닙니다. 단 몇 명이라도 봐주는 사람이 있으면 그건 실전이라는 거죠. 그래서 저는 PC통신, 블로그, 인터넷에 마련한 공개 일기장 등을 통해서 성인이 된 후로 지금까지 잠시도 쉬지 않고 공개적으로 글을 써왔습니다. 그게 저한테 무엇을 줬을까요.

우리가 공개적으로 무언가를 하면 세상이 반응이란 걸 합니다. 그럼 부정적인 것이든 긍정적인 것이든 그 안에 해답이 다 들어 있거든요. 지금 내 글이 어느 정돈지 무엇을 고쳐야 하는지 어디에 강점을 보이는지 다 알려줍니다. 그 이상의 스승이 없는 거죠.

작가님. 그런데요. 저는 블로그를 하나 하고 있는데 사람들이 글을 읽고도 댓글을 안 달아주거든요.

자, 우리가 연애할 때나 비즈니스를 할 때 상대방한테서 답이 없으면 어떻게 해석을 해야 하죠? 답이 없는 그게 답인 거죠. 그런데 거기다 대고 왜 답이 없냐고 성화를 하면 될까요, 안 될까요.

다시 말해서 질문을 주신 분께서는 지금 자신의 글로 단 한 명의 반응도 이끌어내지 못했다는 겁니다.

그 자체를 분명한 피드백으로 인식하셔야 한다는 거죠. 사람들이 무반응으로 내 글에 뭔가 문제가 있다고 알려준 거라는 거예요. 그럼 뭘 해야 할까요. 고민하고 분석해야죠. 왜 내 글은 독자를 모으지 못할까. 지금 내 힘으로 손님을 불러갈 수 없으면요, 나중에 아무리 큰 회사에서 책이 나와도 결과는 같습니다. 작가는 스스로의 힘으로 어느 정도의 독자는 모을 수 있어야 다른 뒷받침들이 의미를 가질 수 있다는 것이죠. 다른 창작자들도 마찬가지지만요.

주변에 장차 글을 쓰겠다는 분들을 보면 자기 나름의 준비가 완료된 다음에 짠 하고 세상에 등장하려는 분들이 있거든요. 그러기보다는 어디든 좋으니까 무조건 공개적으로 자주 글을 써보시는 게 좋겠습니다. 나중에 진짜로 마주할 세상이라는 무대는 자비가 없는 곳이기 때문에, 그 무대에 서기 전에 최대한 실전 연습을 많이 해보는 게 좋다는 거죠.

구체성

창작자로서 제가 생각하는 중요한 것들에 대해 말씀
드리고 있는데요. 구체성을 잃지 않으셨으면 좋겠어
요. 구체성이 뭐죠? '어떻게'가 실종되지 않은 상태.
이 어떻게가 없으면 세상의 어떤 말도 구호에 불과할
뿐 실제로 일이 진행될 수가 없습니다. 제가 글쓰기
와 관련해서 정말 많이 받는 질문 중에 하나만 소개
해드릴게요.

작가님, 글을 잘 쓰려면 어떻게 해야 하나요.

이게 저에게 주신 문장 그대로를 옮긴 건데 이렇게
묻는 분들이 정말 많습니다. 그때마다 저는 뭐라고
답을 해드려야 할지 난감해지죠. 저 한 줄짜리 질문
에 이미 답이 나와 있거든요. 이분이 앞으로 어느 정
도 글을 쓰시게 될지가요. 정말 글을 잘 쓸 사람은 이
렇게 막연하게 물어보질 않습니다. 왜냐하면 누군가
에게 물어보기 전에 이미 수없이 써봤을 것이고 여러
시행착오를 겪은 끝에 질문이 나와도 나오는 것이기
때문에, 그런 사람이 하는 질문은 저렇게 막연할 수
가 없다는 거죠.

작가님, 저는 장차 이런 이유로 이런 글을 쓰고 싶은데, 그래서 이런저런 방법으로 노력을 해봤는데, 제가 볼 때는 제 글이 아직 이런 점이 부족한 것 같거든요. 이 부분을 좀 더 보완하려면 어떻게 하면 좋을까요.

남들이 볼 때는 지금의 이 두 문장짜리 질문과 아까 그 한 문장짜리 질문이 단지 문장 하나 차이에 불과할지 모르겠지만, 제가 볼 때 이 두 분의 차이는 하늘과 땅만큼이나 큽니다.

왜냐하면 구체성은 실천력에서 나오거든요. 키스 재럿 아시죠? 세계적인 재즈 피아니스트인데 이분의 공연을 보고 감동을 받아서 피아노 학원으로 달려가는 사람과, 아무것도 하지 않은 채 얼마나 치면 저 정도 칠 수 있을까, 상상만 해보는 사람의 차이는 크지 않을까요? 정말 피아노를 칠 사람은 그런 거 궁금해하지 않고 일단 학원부터 등록을 할 겁니다. 그럼 한 달만 쳐봐도 답을 알 수 있거든요. 평생 쳐도 안 된다는 걸. 그렇지만 그 사람은 이렇게 구체성을 가지고 행동에 옮긴 덕분에 키스 재럿만큼은 아니더라도 최소한 세상에 태어나서 피아노라는 즐거움 하나는 또 경험을 하게 되는 거잖아요. 얼마나 좋은 일입니까.

그래서 무엇을 하든 이 구체성, 그리고 실천력의 중요
성을 잊지 않으셨으면 좋겠다는 말씀을 드려봤고요.

어떤 불일치

가끔 제 책에 대한 반응을 살피다가 그런 글을 봅니다. 이런 글을 쓰는 사람은 대체 어떤 사람일까. 충분히 궁금해할 수 있는 부분 같아요. 저도 예전에는 제가 좋아하는 음악이나 영화를 만든 사람이 실제로 어떤 사람일지 궁금하기도 하고 그랬으니까요.

첫 책 『보통의 존재』를 냈을 때 어떤 유명한 분이 출판사를 통해서 연락을 해온 적이 있습니다. 책 잘 읽었다면서 꼭 한번 만났으면 좋겠다는 거였죠. 근데 제가 안 만나고 계속 피했거든요. 왜 피했냐면 이분이 저를 만나겠다고 하는 이유가, 자기도 내 글처럼 담담하고 담백하게 세상을 살아낼 수 있으면 좋겠다는 느낌을 받아서라는데, 그런 말을 듣고 어떻게 만나겠어요. 더 못 만나지.

나는 그렇게 담백한 사람이 아닌데. 그 책을 그렇게 썼을 뿐.

모르겠습니다. 제가 쓴 글에 제 안의 여러 모습들이 어딘가엔 들어가 있겠죠. 그렇지만, 내가 작가로서 공들여 쓴 책이 누군가에게 잘 가서 닿았으면 됐지 굳이 그 사람을 만날 필요가 있을까. 그래서 저 작가는 자기가 쓴 글하고 다르네 같네, 이런 인간으로서의 평가를 받을 이유가 있을까. 그런 생각 때문에 초대에 응하질 않은 거죠. 몇 년 있다가 결국 만나긴 만났습니다만……

과연 창작자는 자기가 만든 작품과 얼마나 비슷하고 또 다를까요. 물론 사람에 따라서 차이는 있겠지만 제가 만나본 사람들은 자기 작품과는 딴판인 경우가 많았습니다. 작품은 너무나도 선한데 만나보니 너무 속물인 사람도 있었고, 맨날 악역만 맡는 분인데 막상 만나보니까 너무 착한 분도 있었죠.

사실 저조차도 나는 내가 쓴 작품과 얼마나 일치하는 인간일까 하는 생각을 가끔 하거든요. 왜냐하면 작가가 자기가 쓴 대로만 살면 그 인생이 얼마나 대박이겠어요. 누구든 수백, 수천 번 퇴고가 된 삶을 산다고 생각해보세요. 얼마나 실수를 덜 하겠으며 얼마나 바르게만 살겠는지. 하지만 삶은 글이 아니죠. 삶은 순간이고, 순간은 고치거나 다시 쓸 수 있는 게 아니니까. 그래서, 성에 차지는 않더라도 적어도 작가라면 내가 쓴 글대로 살 수 있도록 노력이라도 해야 하는 것이 아닌가, 하는 정도의 생각을 하며 살아가고 있습니다. 남들이 보기엔 어떨지 모르겠지만요.

내가 좋아했던 창작자들에 대해

팬으로서 누굴 좋아하고 궁금해하던 기억을 떠올려 보니, 사실 모든 창작자는 창작자이기 전에 다 누군가의 팬이지 않았겠습니까. 그래서 자기 취향에 따라 세상의 수많은 예술가들, 연예인들, 운동선수들을 좋아하다가 자기도 그 길로 들어서게 되는 경우가 많잖아요. 당연히 영향도 받을 수밖에 없고요.

이번에는 제가 주목했고 또 영향 받은 창작자들은 누가 있었는지 한번 이야길 해보겠습니다.

일단 음악으로 말하면 영국의 2인조 신스팝 듀오인데, 펫숍보이스 얘길 안 할 수가 없겠네요. 지금 저는 음악을 잘 듣지 않지만 이 팀의 CD만큼은 아직도 제 차에 32년째 꽂혀 있거든요.

　그런데 사람들은 어떤 창작자가 누굴 좋아한다고 하면 그 영향의 결과를 너무 단순하게 직접적으로 받아들이는 경향이 있습니다. 가령 제 음악에서 조금만 전자악기 소리가 나면 아, 이석원이 펫숍보이스를 좋아하니까 이런 걸 넣었나 보다, 하는 식이죠. 근데 저는 이 친구들이 전자음악을 하기 때문에 좋아한 게 아니거든요. 그럼 왜 좋아했느냐. 제가 생각할 때 이

들의 음악이 일단 구성적으로 너무 탁월한 데다, 이들이 만들어내는 음악의 무드랄까 그런 게 너무나 우아하고 정갈해서 좋아하는 것이거든요.

가능한 한 오래 접해도 질리지 않을 정교하고도 다채로운 구성. 그러면서도 군더더기 없이 정렬이 잘 된 작품은 제가 항상 좋아하고 추구하는 바니까요. 책 『보통의 존재』가 나왔을 때 가수 이소라 씨가 그런 문자를 보내주시더라고요. 이 책의 모든 글이 가지런해서 자기는 참 좋았다고, 딱 그 한 말씀을 보내주셨죠. 그때 너무 기뻤던 건 창작자는 자기 의도를 누가 알아봐주면 기분이 좋을 수밖에 없거든요. 근데 누나의 그 가지런하다는 한마디에 제가 추구하고 좋아하며 그 책에서 구현하고자 했던 모든 게 들어 있었으니 기쁠 수밖에요.

사실 창작 생활을 하면서 평가는 많이 당해봤지만 분석당하는 쾌감, 즉 제가 의도한 바를 간파당하는 경험은 그리 많이 해보질 못했습니다. 팝 음악 마니아로서, 당연히 펫숍보이스뿐만 아니라 수많은 뮤지션들을 좋아하고 영향을 받았을 텐데 왜 내 입으로 스스로 밝힌 경우 말고는 다른 영향의 흔적을 사람들은 잘 발견하지 못할까, 하는 의문이 있었죠.

그러다가 5집을 냈을 때 어떤 평론가가 그러더라

고요. 이 팀의 사운드는 지금 영국적인 것이 아니라 미국의 그것에 더 가깝다고. 그때 처음 누가 내 의도를 알아봐주는 반가움이랄까? 그런 걸 느꼈죠.

왜냐하면 제가 하던 밴드 언니네이발관은 흔히 모던 록이라고들 불렀으니까 브릿 팝, 즉 영국 밴드들 영향을 받았을 것이고, 또 이석원도 영국 그룹 펫숍보이스를 좋아한다고 했으니 당연히 음악도 사운드도 그쪽 영향권 안에 있겠지, 라고 생각할 수 있을 겁니다. 그런 추론은 충분히 합리적이죠. 하지만 저는 영국보다는 미국 밴드와 미국 문화의 영향을 훨씬 더 크게 받았고, 시간이 갈수록 점점 더 그것이 결과물로 많이 드러났거든요. 근데 그걸 알아봐준 사람을 만났으니까 기분이 좋을 수밖엔 없었던 거죠.

언니네이발관 5집
〈가장 보통의 존재〉

취향趣向

— 하고 싶은 마음이 생기는 방향. 또는 그런 경향. 혹은 그저
내가 좋아하는 것들.

사실 이 취향이라는 게 모여서 결국 본인의 안목을
형성하는 것이기 때문에, 취향은 그 창작자의 인생을
결정하다시피 한다고 보는데요. 저는 미국이라는 나
라 자체는 여러 가지 의미에서 꼭 좋아한다고 말하기
는 어렵지만, 제 문화적 정서와 감수성은 그 나라에
게서 엄청난 영향을 받았습니다. 저는 우리나라 창작
자들을 제외하면 음악도 미국 음악을 훨씬 좋아하고
영화나 책 모두 그런데요. 조금 농담 삼아 비유를 해
보자면, 유럽을 배경으로 한 영화들을 보면 작은 건
물들로 빽빽한 좁은 골목길에서 자동차들이 막 추격
전을 벌인단 말이죠. 저에게는 그런 장면들이 액션의
쾌감보다는 마치 아귀다툼처럼 답답함을 줄 때가 더
많거든요. 반면 미국 드라마에서 흔히 볼 수 있는 드
넓은 땅을 배경으로 펼쳐지는 이야기들에는 늘 시선
을 빼앗기곤 하죠.

　일단 땅덩어리가 너무나도 넓어서 근처에 이웃이
별로 없습니다. 그러니까 뭔가 쓸쓸하기도 하고 적
막하기도 해서 대기마저 습기 없이 메말라 있을 것만
같은데, 그러는 와중에 그 여백 많은 풍경 속에서 어

떤 미스터리나 가족애 같은 것들이 불쑥불쑥 등장하곤 한단 말이죠. 제가 좋아하는 미국 드라마의 모습이 흔히 그렇다는 얘기입니다.

그래서, 저의 5집이 그렇게 영국 밴드들처럼 축축한 사운드가 아니라 메마른 듯 건조하면서도 살짝 따뜻한 사운드를 갖게 된 것. 또 삶과 죽음, 이별과 상실 등이 담긴 책 『보통의 존재』의 글들이 그 안의 내용과는 달리 담담하고 건조한 문체를 갖게 됐던 거. 이런 게 다 미국 혹은 북미의 창작자들을 좋아하는 저의 취향이 드러난 결과라고 할 수 있겠죠.

「브로크백 마운틴」을 쓴 애니 프루나 『노인을 위한 나라는 없다』를 쓴 코맥 매카시를 좋아하는데요. 책이든 음악이든 영화든 뭔가를 좋아하고 보면 대체로 미국 창작자들의 작품일 때가 많더라는 거죠. 나이를 먹을수록 더.

암튼 그래서 저는 우리나라는 물론, 주로 미국의 창작자들을 많이 좋아하는데 사실 그들에게 영향을 받았다기보다는, 그들이 내가 좋아하고 찾고 있던 걸 하고 있었다고 표현하는 게 더 정확할 것 같습니다. 왜냐하면 저는 누굴 선망하는 기질 같은 게 없거든요. 실제로 책을 내기 전에 미국 작가들의 글을 읽고 영향을 받아서 그런 글이 나온 게 아니었습니다. 책을 출간하고 나서 뒤늦게 독서를 시작할 때, 내가 좋아하는 미국의 밴드나 영화 들처럼 뭔가 좀 건조하고 특유의 미국적인 글을 쓰는 작가들은 없을까 찾다 보니 만나게 된 게 저 사람들이었거든요.

그래서, 사람들이 제가 만든 작품에서 저의 이런 특정한 경향성을 잘 발견할 수 없었던 건, 다음과 같은 이유가 아닐까 짐작합니다. 좀 전에 선망하는 기질이 없다고 말씀을 드리기도 했습니다만, 저는 누굴 좋아해서 그 사람처럼 되고 싶어 하고 그 사람을 따라 하려고 들고 그런 게 없거든요. 그래서 작품을 만들 때도 참고 자료가 거의 없는 편인데, 창작자로서 제가 워낙 오리지널리티, 즉 고유성, 혹은 독창성을 중요하게 생각해서 그렇기도 하지만, 저의 어떤 성격적인 특징 탓도 있습니다.

내가 세상을 사랑하는 법

'덕심'이라 그러죠. 저는 뭘 좋아하면 막 파고들어서 자세히 알고 싶어 하고 관련된 거 수집하려고 들고 그런 욕심이 전혀 없습니다. 제가 사는 공간에서는 뭘 수집한 흔적을 발견할 수가 없죠. 아까 펫숍보이스도, 제가 이 팀 CD가 몇십 년째 제 차에 꽂혀 있다고 그랬잖아요. 그렇게 말하니까 엄청나게 좋아하는 것 같고 막 애틋하기까지 하고 그런데, 또 한편으론 제가 이 사람들 새 앨범을 산 지가 20년은 더 되는 것 같단 말이죠. 그동안 무수히 신보가 나왔는데도 불구하고.

심지어 2010년에는 어떤 페스티벌에서 만나기까지 했습니다. 저희 밴드와 펫숍보이스가 같은 날 앞뒤로 공연을 했거든요. 그런데 주최 측에서 막 저보다 더 흥분해가지고 야 이건 드라마다 이러면서 이석원이랑 닐 테넌트(펫숍보이스 보컬)랑 같이 듀엣을 하라는 거예요. 근데 제가 안 했죠. 제 공연 신경 쓰느라고. 남들은 성덕이 되었으니 기분이 어땠느냐 물어보는데, 저는 이상하리만치 별 감흥이 없었어요.

그러니까, 이런 제 기질이 어떤 일을 하든 그 일 자체에 푹 빠지는 게 아니라 그냥 단지 나를 표현하기 위한 수단으로서만 접근을 하게 한다고 할까? 그래서 제가 맨날 나는 좋아하는 일이 없다, 음악이나 글이나 나한테는 똑같다, 이런 타령을 할 수밖엔 없는 게, 진짜로 음악이나 글이나 영화나 심지어 장사까지 저한테는 그 모든 일이 다 같은 일로 여겨지고 실제로 접근하는 방식도 같습니다.

그래서 고민도 많이 했죠. 나는 도대체 왜 이럴까. 나도 남들처럼 어떤 하나에 빠져들어봤으면 좋겠고 음악이면 음악, 글이면 글, 다른 창작자들처럼 내 분야에 어떤 소속감이나 애정 같은 걸 느껴보고 싶은데. 그러면 정체성에 대한 고민 같은 건 안 해도 될 것 같은데, 이상하게 저는 그런 게 안 되더라고요. 보통 뮤지션들 보면 음악이 없는 인생은 상상할 수가 없다 하고, 작가들은 또, 문학이 없으면 세상이 끝나는 것처럼 말들을 하잖아요? 그런데 왜 나는 그 정도로 좋아하는 게 없을까. 왜 나는 이거 아니면 안 되고 그거 없으면 죽을 것 같고 그런 게 없을까. 이렇게 열심히 사는데. 왜 난 빵을 그렇게 좋아하면서도 빵의 종류는 뭐가 있는지 잘 모르고 빵이 무슨 재료로 어떻게 만들어지는지가 전혀 궁금하지 않을까. 왜 옷을 그렇게 사면서도 남들처럼 복식사나 옷 만드는 공정이나 브랜드들 역사나 이런 데는 일절 관심이 없을까.

그래서 저는 그런 생각을 한 적도 많았습니다. 아, 나는 도무지 사랑이란 걸 할 줄 모르는 놈인가 보다. 왜냐하면 사랑한다는 건 관심이고 그럼 그 대상에 대해서 알고 싶어져야 하는데, 난 내가 좋아하는 것들에 대해서 별로 알고 싶지가 않고, 그냥 먹으면 되고 입으면 되고 가지면 되지 다른 건 다 귀찮았으니까. 내 안엔 도무지 사랑이라는 게 없는 것만 같아서 자책하고 힘들어했죠.

그러던 어느 날, 제가 그런 한탄을 하고 있으니까 친구들이 이런 말을 해주더라고요. 그렇다고 해서 그게 왜 사랑이 아니라고 생각하냐. 네가 그렇게 빵을 좋아해서 죽으면 관 속에 같이 넣어달라고 할 정도로 평생 그걸 좋아하고 먹어주고 했으면 됐지 꼭 빵을 알아야 되냐. 듣고 보니까 맞는 말 같은 거예요. 그래, 사랑을 하는 데에 방식이 한 가지만 있는 게 아닌데 나는 어째서 그렇게 오랫동안 자책을 했을까. 나는 내 식대로 내가 좋아하는 걸 대했을 뿐인데.

그때 친구들 말에 위로를 많이 받았고 그때부터 저는 저를 조금 더 이해하고 받아들일 수 있게 됐습니다. 나는 이런 사람이구나. 나는 이렇게 내 일과 세상을 사랑하는 사람이구나.

비록 어느 한 가지 고정된 직업적 정체성을 가질 수는 없었지만, 어쨌든 뭐든 만들지 않으면 살 수 없는 사람, 다시 말해서 창작자인 건 분명하니까 더 이상 내 정체성에 대한 고민을 전처럼 많이 하지는 않게 됐죠. 사람이, 자신을 수긍하고 받아들일 수 있게 된다는 건 엄청 큰 선물 같은 일이잖아요. 그때 인생의 큰 짐 하나를 던 기분이었는데요. 제가 지금 이 얘기를 왜 하고 있느냐. 바로 지금부터 드릴 말씀을 하기 위해서입니다.

음악과 책을 만드는 일은 내게 어째서 다른 것이 아닌지 나는 왜 그 모든 일을 할 수 있는지

앞서 말씀드린 이유로 제게 음악과 글은 별로 다른 것이 아닙니다. 그 얘기는 그 두 가지의 일을 동일한 방식으로 접근하고 해낸다는 뜻도 될 텐데요. 하지만 엄밀히 말해서 분명히 다른 일들인데 어떻게 같은 식으로 해내는 게 가능할까요.

2009년에 어떤 영화제의 트레일러 영상 연출을 맡은 적이 있거든요. 저는 그 전까지 영상은커녕 사진 한 장 제대로 찍어본 적이 없었는데 어쨌든 그 일을 했단 말이죠? 그러니까 사람들이 야 쟤는 어떻게 음악, 책, 영화, 장사 다 할 수가 있냐고 그러는데 그건 제가 다재다능해서라기보다는 어떤 일에든 적용 가능한 중요한 사실 하나를 깨달았기 때문입니다.

창작자는 무슨 일이든 내가 무엇을 하고자 하는지, 그것만 명확하게 알고 있으면 어떤 일이든 해낼 수 있다는 것이죠.

가령 저는 목수가 아니기 때문에 내 손으로 직접 대패질을 해서 책상을 만들 수는 없습니다. 하지만 자기가 어떤 테이블을 원하는지를 분명히 알고 있으면 결국 그 테이블을 가질 수 있거든요.

에이, 그렇게는 누가 못 해. 목수 아저씨 찾아가서 돈 주고 사진대로 만들어달라고 하면 다 해주지.

그럴 것 같죠? 그러나 세상엔 자기가 뭘 원하는지 구체적으로 알지 못하는 사람들이 생각보다 많습니다.

　언젠가 건축과 학생들한테서 섭외가 온 거예요. 가상의 건축주가 되어달라는 것이었죠. 재밌을 것 같아서 응했는데 막상 학생들을 만나보니 해줄 말이 없었습니다. 학생 네 명이 제 앞에 앉아서 어떤 집을 원하는지 말을 해달라는데, 내 입에서 나오는 말들은 그저 무조건 크고 넓은 집, 주차 공간 많고 수영장이 있고 등등……. 누구나 할 수 있는 뻔한 말들뿐이었거든요. 그 친구들이 이런 평범한 얘기를 듣자고 저를 섭외한 건 아닐 거잖아요. 그렇지만 살면서 한 번도 어떤 집에서 살고 싶은지를 생각해본 적이 없었기 때문에, 저는 그들의 기대에 부응할 수가 없었죠. 이것 역시 구체성이 결여된 예일 수 있겠는데요. 내가 원하는 집이 무엇인지 나도 몰랐기 때문에 비록 가상의 경험이었지만 저는 결국 나만의 집을 가질 수 없었던 것이죠.

　하지만 영상 연출 제안이 들어왔을 때는 상황이 달

랐어요. 저는 그쪽에 경험도 없고 카메라도 다룰 줄
몰랐지만 내가 고민한 건 오직 한 가지였습니다. 내
게 찍고 싶은 게 있는지 없는지. 내가 이 일을 통해서
보여주고 싶은 나만의 이야기나 이미지가 있는지 아
닌지. 오로지 기준은 그거 하나였는데 있더라고요.
그것도 꽤 명확히. 그래서 하기로 했고 결국 제가 생
각하던 영상을 구현해낼 수 있었습니다.

저는 영화라는 매체가 감독과 관객이 벌이는 일종
의 가위바위보라고 생각했어요. 창작이란 일이 다 그
렇지만요. 그래서 내 주변에서 잘생긴 친구를 하나
데려다가 배우로 설정을 하고선, 이 배우가 메이크업
도 하고 머리도 손보면서 촬영을 준비하다가 마침내
스크린 속으로 들어가서 관객과 가위바위보를 한다.
뭐 이런 스토리였는데 제가 지금 이 얘기를 드리는
이유는 이제부터 중요한 사실 하나를 말씀드리기 위
해서입니다.

어떤 일이든 그 일을 이루는 요소들을 놓고 보면
그 안에서는 대체될 수 없는 일이 있고 대체가 가능
한 일이 있거든요. 항상 그걸 먼저 구분하는 게 중요
한데, 방금 설명드린 영상에서 대체될 수 없는 역할
은 뭘까요. 배우? 아니면 촬영감독? 둘 다 아니죠. 배
우는 잘생긴 친구 또 데려오면 되고 촬영감독님도 잘
찍어주셨지만 꼭 그분이 아니면 안 되는 건 아니잖아

요. 경우에 따라서는 그런 영화도 있겠지만요. 하지만 제 영상에서는 이 영상 자체를 구상하고 시나리오 짜고 콘티를 그리고 적절한 배우를 골라서 캐스팅한 감독의 역할은 누구도 대신할 수가 없죠. 대신하는 순간 그건 본질적으로 다른 작품이 되어버리는 것이기 때문에.

그래서 우리가 어떤 일을 할 때 가능한 한 대체될 수 없는 역할을 하는 것이 중요하다는 겁니다. 그래야 일의 주도권도 쥘 수 있고 세상이 계속 나를 필요로 하거든요.

대체될 수 없는 존재가 되는 법

지난번에 말씀드렸죠? 인사동에서 와인을 팔 때, 어떻게 제가 인테리어 경험이 전혀 없었는데도 그 일을 할 수 있었는지. 그때도 역시 저에게는 건축과 학생들을 만났을 때와 달리, 또 영상을 만들 때처럼, 내 공간을 어떻게 꾸미고 싶은지에 대한 구상이 아주 명확하게 있었거든요. 때문에 어떤 식으로든 그 일을 실행해줄 사람들에게 내 의사를 전달하기만 하면 됐습니다. 내가 직접 대패질을 할 수 없다 하더라도 중요한 건 어떤 테이블을 원하는가라고 했잖아요. 그 테이블이 얼마나 개성 있고 필요에 부합하며, 나만이 선택하고 구상할 수 있는 것인지가 정말 중요하다는 거죠(물론 목수가 되길 택한다면 또 다른 관점이 필요하겠지만요).

자, 이거 너무 중요한 얘기라서 다시 한번만 정리하고 넘어갈게요.

창작자는 내가 무엇을 하고자 하는지를 스스로 분명하게 알고 그것을 타인에게 설명할 수 있어야 합니다. 그러면 어떤 일이든 할 수 있습니다. 물론 여러 분야의 많은 일을 경험하고 그에 관한 세부적인 부분들까지 배우고 익힐 수 있으면 당연히 좋겠죠. 내가 내 공간 속 복잡한 전선의 배열까지 직접 해결할 수 있다면 나쁠 것 없겠죠. 그러나, 제가 지금 드리는 말씀은 세부적인 기술에 관한 것이 아니라 보다 근본적인 일의 원리에 관한 것입니다. 즉, 우리가 요즘 창작자로서의 수명과 정년에 대해서 이야기들을 많이 하는데, 날 대신할 사람이 없는 것보다 더 확실한 수명 연장의 길이 뭐가 있겠어요. 그게 쉬운 일은 아니지만 그것 이상의 방법이 없는 것도 사실이잖아요. 그러기 위해서는 내 가게의 기술적인 문제들을 직접 해결할 수 있는 것도 좋지만, 더욱 중요한 건 내 힘으로 내 공간을 직접 구상하고 만들어낼 수 있어야 한다는 것이죠.

그래야 내 가치도 인정받고 가능한 한 오래 (창작자로) 살아남을 수 있기 때문에.

이석원이 이 세상에서 제일 잘나가고 위대한 창작자는 아니죠. 제가 없어도 우리나라 음악판이나 에세이판은 아무 문제 없이 잘 돌아가겠죠. 그렇지만 이석원만이 줄 수 있는 무언가가 있는 한, 어떤 사람들은 계속 저를 찾을 거라는 거죠.

　물론 어느 날 이석원을 대신할 만한 혹은 비슷한 감성으로 더 나은 결과물을 제공하는 존재가 나타난다면 더는 아무도 저를 찾을 이유가 없겠죠. 그런 걸 말씀드리는 겁니다. 내가 하는 일이 크든 작든, 나만이 할 수 있는 일이 있는 한 세상은 분명히 나를 필요로 할 것이고 그럼 나는 계속해서 그 일을 할 수 있다. 이 사실은 변하지 않는다는 거죠.

그래서 저도 이렇게 저렇게 나름대로 그 긴 세월 동안 애를 써온 것이고요(물론 일평생 대체될 수 없는 존재가 되기란 불가능에 가까운 일이긴 합니다만……).

태어났으니까 사는 사람

오늘 주제가 나는 왜 쓰고 만드는가인데 저는 사실 오늘 왜보다는 어떻게를 더 많이 이야기한 것 같습니다. 인생에서는 '무엇' 외에도 '왜'와 '어떻게'라는 두 가지 숙제가 항상 사람을 따라다니는데요. 과연 둘 중에 어느 게 더 중요할까를 생각해보면 저는 어떻게라고 생각하거든요.

왜냐하면 사람은 자기가 왜 태어나서 왜 살고 있는지에 대해서는 명확히 답을 할 순 없지만, 한 번뿐인 이 삶을 어떻게 살아야 할 것인지에 대해서는 분명한 고민과 선택을 해야 하잖아요. 물론 그 문제를 아주 간단하게 정리하고 살아가는 사람들도 있을 겁니다.

태어났으니까 사는 거지 뭐.

어떻게 보면 참 부러운 태도인데, 하지만 저는 그 '왜'가 간단할 수가 없는 사람이라서 그런지, 삶 자체는 물론이고 내가 왜 음악을 했으며 왜 글을 썼는지도 여전히 정확히는 모르겠어요. 다만 그때그때 다 나름의 이유가 있었던 게 아닐까 생각할 뿐.

제가 음악을 처음 시작했던 이유는 얼떨결에 했던 거

짓말 때문이기도 하고, 음악을 좋아하는 한 명의 애호가로서 당시 음악 판에 많은 문제의식을 갖고 있었기 때문이기도 하거든요. 그러나 데뷔를 하고 활동을 하면서 그런 동기가 어느 정도 해소되고 나서는 더 이상 내가 왜 이 일을 계속해야 하는지 모르겠는 때도 있었어요. 어떨 때는 너무 간절하게 나를 표현하는 수단으로서 그게(음악이) 필요했던 적도 있었고 또 어떨 때는 단지 밥벌이의 의미만을 가질 때도 있었습니다.

이유는 항상 달랐지만 변하지 않는 건, 나는 뭔가를 만들지 않고서는 살아갈 수 없는 사람이라는 거였죠. 그랬을 때, 그 뭔가를 어떻게 해낼 것인가에 관한 고민은 평생을 해왔고 그게 결국 내 일, 나아가서는 삶 전체를 결정짓지 않았나 합니다.

저는 음악 하는 동안 막연한 예측이었지만 어쩐지 마흔을 넘기면 작곡가로서 더 이상 힘을 못 쓸 것만 같은 예감이 들었거든요. 실제로도 그건 어느 정도 현실이 되기도 했고요. 그런데 요즘은 무슨 생각이 드냐 하면, 꼭 그때 나이 마흔에 음악가로서의 정년을 예감했듯이, 제 창작자로서의 정년 또한 고작해야 앞으로 한 10여 년 정도 남지 않았을까 하는 생각이 드는 거예요. 글을 쓰는 건 다른 직업보다 더 오래 할 수 있는 일이라고는 하지만 사람이 언제까지나 총

기가 있을 수는 없는 노릇이니까요.

그래서, 저에게는 지금 시간이 별로 없기 때문에 그 얼마 안 되는 시간 동안 잘 찾아지지도 않는 '왜'를 찾는데 아까운 시간을 쓰기보다는, 남은 시간 동안 무엇을 할 거며 그걸 어떤 식으로 어떻게 할지에 대해서 고민하는 게 더 중요하지 않을까, 하는 것이죠.

그래서 오늘 비록 왜에 대해서는 거의 말씀을 드리지 못했지만 대신 말씀드린 어떻게가 그보다 더욱 값어치 있는 말들이었기를 바랍니다. 또한 마지막으로 이 세 번의 강연을 통해서 제가 말씀드린 타인과 세상으로부터 나를 지키고, 뭐든 더 현명한 선택을 하고, 변함없이 뭔가를 만드는 사람으로 살아갈 수 있는 방법에 대해 제가 이야기를 드린 이유는, 모두 조금이라도 더 나은 사람이 되고 싶어서였다는 말씀을 드립니다. 나는 왜 쓰고 만들며 왜 더 나은 선택을 고민하는가. 오로지 더 나은 사람이 되기 위해서라는 거죠.

여러분께도 언제나 어제보다 조금이라도 나은 오늘이 함께하길 기원하면서 오늘 이 시간 마치겠습니다.

○ **프리랜서 창작자로서 어떤 루틴을 갖고 계신지 궁금합니다.**

● 말씀대로 프리랜서인지라 저를 강제하는 룰도 없고 동료나 소속된 곳도 없이 늘 혼자 일하기 때문에 생활의 질서를 잡기가 어렵거든요. 그래서 저는 스스로를 회사원이라고 생각합니다. 항상 규칙적이고 또 반복적으로 생활하려고 애를 쓰죠. 비록 집 안에서의 일이지만 아침에 눈을 뜨면 침대에서 책상으로 출근을 한 다음 언제까지 일을 하고 언제 얼마나 쉬는지 밥은 언제 먹는지, 이 모든 일들이 대체로 매일 비슷한 시간에 행해지도록 한다는 거죠.

○ **자유로운 삶을 영위해야 하는 창작자로서 그렇게 규칙적이고 반복적인 생활을 하면 영감을 얻는 일에 지장을 받지는 않을까요.**

● 글쎄요. 영감이라는 건 어디서 뚝 떨어지는 게 아니라 엉덩이 싸움이라고 생각하거든요. 내가 노력하고 신경 쓰는 만큼 얻어지는 거니까요. 그리고 전 영감이라는 게 사실 있는지도 잘 모르겠어요. 설령 그런 게

있다 한들 나는 평생 이 일을 해야 하는데, 그게 계속 내게 주어질 리는 없기 때문에 결국엔 어부가 고기를 낚듯 노력하고 애를 써야 한다고 이해하고 있습니다.

○ **뭔가 쓰고 생산하려 해도 저를 통해 나오는 것이 이미 세상에 존재하는 것과 다를 바 없을 거라는 생각에 주춤합니다.**

● 그런 주저하는 마음이 본인의 지레짐작인지 정말 남들이 그렇게 이야기를 하고 있는 것인지 궁금합니다. 아까 제가 실전을 강조했잖아요. 내가 뭔가 써봤는데 남들이 이미 했던 생각이거나 썼던 글이면 어떡하지? 하는 두려움이 있다면 혼자 고민만 할 게 아니라 어디든 슬쩍 공개를 해보세요. 그럼 남들이 다 판단을 해주니까요. 그때 가서 자체적인 평가를 내려도 늦지는 않을 거라고 생각합니다.

○ **언니네이발관의 모든 작품이 명반, 명곡이지만 그중에서도 딱 한 곡만 꼽는다면 어떤 곡을 선택하시겠어요?**

● 저는 제가 만든 것들에 애정을 갖는 타입이 아니라

서요. 그래도 굳이 하나 골라본다면 〈아름다운 것〉 정
도? 이유는 제 진심이 가장 많이, 가장 진실하게 담겼
기 때문에.

○ 사람들 틈에서 살다 보면 자꾸만 인류애를 잃게 되는
데요. 삼십대 중반을 지나면서 특히나 그렇습니다. 혹시
작가님도 그런 경험이 있으신지, 극복하는 노하우가 있
다면 무엇인지 알고 싶습니다.

● 글쎄, 이 나이까지 살다 보니 잃어버릴 인류애가
그리 많이 남아 있지는 않아서요. 우리가 얼굴을 아무
리 깨끗하게 씻어도 일단 밖에 나갔다 오면 지저분해지
잖아요. 그럼 또 씻어줘야 하듯이 사람을 만난다는 건
내 영혼에 때가 묻는 일이라고 생각해요. 단지 양의 차
이가 있을 뿐이지. 그래서 누구든 만나거나 어떤 식으
로든 얽히고 나면 그때마다 씻어줘야 한다고 생각합니
다. 세수하듯이 마음의 때도 늘 씻어줘야 한다는 거죠.
　개인적인 일이라면 그 사람하고 거리를 두거나, 내
감정을 끌어 올려줄 만한 사람을 찾아서 시간을 보내
는 것도 좋겠죠. 사회적인 차원의 일이라면 내 인류애
를 회복시켜줄 만한 뉴스를 찾아보거나 뉴스와 아예

거리를 두는 것도 방법일 수 있겠고요. 원래 뉴스라는 게 세상의 좋은 일보다는 안 좋거나 끔찍한 사건들을 훨씬 더 많이 보도하기 마련이라 정신 건강에 그리 좋은 건 아니니까요.

○ **작업을 오래 하다 보면 지금 붙들고 있는 작업물이 좋은지 아닌지 판단하기가 어려워집니다. 그렇다고 다른 사람에게 보여줘서 휘둘리게 되는 것도 싫은데 뭔가 다른 좋은 방법이 있을까요?**

● 작업이란 건 언젠가는 그 결과물을 타인에게 공개할 수밖엔 없는 일이잖아요. 그런데 작업 도중에 남들이 이런저런 말을 해주는 게 싫다면 나중에 그 수많은 사람들을 상대로는 어떻게 공개를 할 수 있을까요. 저라면 차라리 온 세상 사람들의 무차별적인 판단의 장에 놓이기 전에 내 선에서 먼저 매를 맞는 쪽을 택할 것 같거든요. 그래야 진짜 실전에서 그나마 욕을 덜 먹을 테니까요.

타인의 반응에 휘둘리는 게 싫다고 하셨는데 그것은 싫고 좋고의 문제가 아니라 휘둘리지 않도록 애를 쓰셔야 하는 부분이라 생각해요. 본인 말씀대로 작업을 하는 동안에는 작업자 자신이 그 안에 매몰되기 때문에 자기 작품에 대한 객관적인 판단을 할 수가 없습니다. 그럼 답은 남에게 의견을 구하는 수밖에 없는데 그러기가 싫다면 답을 포기하는 것과 마찬가지거든요. 창작자로 사는 한 어차피 타인의 이런저런 반응은 피할 길이 없기 때문에 어떤 말을 듣든 최종적인 판단은 내가 내릴 수 있는 멘털과 능력을 기르시는 것이 좋다고 생각합니다. 쉬운 문제는 아니지만 반드시 부딪혀 봐야 하는 일이니까요.

○ **오늘 강연에서 입력에 대한 이야기를 하셨는데, 기존 작품을 참고하는 것과 오마주, 그리고 표절 이 세 가지의 경계에 대해 어떻게 생각하시는지 궁금합니다.**

● 말씀하신 세 가지 모두 창작자로서 저의 관심사가 아니기에 드릴 말씀이 많지는 않네요. 아까도 말씀드렸지만 누굴 좋아해서 따라 하려 들거나 너무 존경을 한 나머지 내 작품에 그 사람의 뭔가를 인용하려고 해본 적이 없으니까요. 그런 마음이 든다면 전 오히려 달아날 것 같거든요.

○ 표절에 대해 한 명의 창작자로서 어떻게 생각하시는지, 창작물을 만드실 때 특별히 생각하시는 부분이나 그걸 피하기 위한 팁이 있으신지 궁금합니다.

● 표절은 창작자로서 항상 숨 쉬듯이 자기 경계를 해야 되는 부분이라고 생각합니다. 표절을 떠나서 비슷하다, 영향 받았다는 말만 들어도 질겁하는 저로서는 더욱 그렇죠. 내가 만든 것과 유사한 게 세상 어딘가에 있을지는 모르겠지만 중요한 건 그 사실을 작자가 미리 알았나, 그리고 떳떳하지 못한 의도를 가지고 작업했는가의 문제가 아닐까 합니다.

○ 창작 생활을 하다 보면 대중의 반응에 영향을 받을 수밖에 없다고 생각합니다. 때로는 환영받지 못해서 기분이 처지기도 하는데 작가님은 남들의 평가를 어떻게 소화하시는지 궁금합니다. 남들이 좋아해주지 않아도 내가 만든 것을 아껴줄 수 있을까요.

● 인간의 머리는 긍정적인 것보다 부정적인 것에 훨씬 더 강하게 반응하도록 세팅이 되어 있죠. 그래서 남들의 칭찬 100마디보다 부정적인 평가 하나가 그 모든

걸 압도할 정도로 내 머릿속을 흔들어버릴 수 있습니다. 이것은 창작자 개인의 심성이 유약한 탓이 아니라 우리가 사람이라 그런 거죠. 그래서 저는 어떤 방법을 쓰냐 하면, 누가 나를 평가하면 저는 그 평가를 평가합니다. 그게 내가 새길 만한 내용인지 아니면 걸러도 좋을 말인지를요.

가령 누군가 당신, 혹은 당신의 작품이 별로라고 했다고 칩시다. 그럼 그 말을 한 사람이 잘한다고 인정하는 인물이나 작품들의 리스트를 한번 보자고요. 아마 대개는 당신 역시 동의하기 어렵거나 한숨이 나오는 경우도 있을 겁니다. 이렇듯, 타인의 평가란 작자와의 엇갈림에서 오는 경우도 많거든요. 그래서, 이것이 그저 어떤 사람과 내가 취향이나 기준이 서로 다르기 때문에 발생한 불일치인지 아니면 정말로 새겨들을 만한 평가인지만 가려도 많은 경우 불필요하게 신경 쓰는 일을 줄일 수 있죠.

○ **대체할 수 없는 존재가 되는 게 중요하다고 하셨는데 어떻게 하면 그런 인물이 될 수 있을까요.**

● 항상 나만이 할 수 있는 일, 내가 아니면 안 되는

일이 무엇인지 파악하고 그걸 하려고 드는 게 방법이 아닐까 합니다. 가령 내가 작가라면 유행을 좇으면서 남들도 다 쓰는 글을 쓰기보다는, 나만이 쓸 수 있는 뭔가를 쓰도록 해야 한다는 거죠. 그랬을 때 누군가 계속해서 내 글을 읽고 나를 찾을 테니까요.

영화도 마찬가집니다. 왜 어떤 영화는 관객을 천만이나 모았는데 감독이 누군지 궁금하지가 않고 왜 어떤 영화를 보면 감독의 존재감이 영화를 보는 내내 관객을 압도할까요. 그리고 둘 중 어느 감독에게 더 오래 더 많은 기회가 갈까요. 답은 굳이 말씀드리지 않아도 잘 아시리라 생각합니다. 내가 창작자라면 어느 쪽을 지향해야 하겠는지도요.

○ **아까 입력이 중요하다고 하셨잖아요. 너무 많은 양의 좋은 것들을 입력하다 보면 좌절을 할 때도 많은 것 같아요. 저는 작가가 되고 싶은데 좋아하는 어떤 위대한 작가의 글을 보고 있으면 나는 도저히 이렇게는 못 쓸 것 같다는 생각이 들면서 오히려 창작할 용기를 잃게 되거든요. 이런 건 어떻게 극복을 해야 할까요.**

● 글쎄. 저는 뭐 창작자가 꿈을 크게 갖는 것은 얼마

든지 좋은 일이라고 생각해요. 나도 방탄소년단처럼 장차 빌보드차트에 오르는 뮤지션이 되겠다. 포부를 크게 갖는 것은 얼마든지 좋죠. 그런데 처음부터 너무 대단한 사람들과 자신을 비교할 필요가 있을까요? 박경리 선생님께서 『토지』를 26년인가 쓰신 걸로 알고 있거든요. 그럼 안 그래도 대가인 분이 근 평생을 매달린 작품을 보고 이제 막 시작하는 입장에서 나는 이 정도는 쓰지 못할 거야, 하고 미리부터 비교하고 좌절할 필요가 있겠냐는 거죠.

그런데 실제로, 우리가 창작자로 살아가다 보면 나와 비교할 만한 대상이 아닌 사람과 비교를 하면서 불필요한 에너지를 소모할 때가 많습니다. 가령 어떤 분야든 나라에서 제일 잘된 사람과 자기를 비교하며 처지를 비관한다든가 하는 식이죠. 왜 하필 5천만 명 중에 제일 잘된 사람하고 굳이 비교를 해서 스스로 비참해지냐고요. 그럴 필요는 없다는 거죠.

또 한편으로는, 저는 창작자는 창작자로서의 자의식이 너무 비대해지는 것도 경계를 해야 하지만 그게 너무 없어도 자신을 지탱하기가 어렵거든요. 때문에 어떤 대단한 작품을 접했든, 남들이 비웃든 말든 이 정도는 나도 할 수 있어, 라는 생각을 의식적으로 할 필요도 있다고 생각합니다. 왜, 나라고 못 할 게 뭐야? 설령 남이 볼 땐 무모할지라도 자기 가능성을 스스로 미리 한정 지을 필요는 없지 않을까요?

○ 『언제 들어도 좋은 말』을 너무 좋아하는 작가님 팬입니다. 저는 작가님이 항상 꾸밈없이 있는 그대로 솔직하게 글을 쓰셔서 좋아하는데요. 저도 작가가 되고 싶어서 작가님처럼 제 얘기를 꾸밈없이 솔직하게 써봤거든요. 그런데 왜 제 글은 재미가 없을까요.

● 여기서 주목할 부분은 꾸며내지 않은 솔직함이라는 표현인데요. 어떤 작품을 그저 즐기는 사람과 실제 작품을 만드는 사람은 판단과 접근이 달라야 합니다. 일종의 전문성을 갖춰야 한다, 뭐 이런 얘긴데요. 식당에 가서 냉면을 먹기만 하는 손님하고 그 냉면을 만드는 요리사의 냉면에 대한 이해와 정보는 달라야 하고 다를 수밖에 없다는 거죠. 마찬가지로 단순히 글을 읽기만 하는 사람들은 어떤 글이나 작가가 솔직하다고 느껴질 때 야, 이 작가 되게 솔직하게 썼네, 하고 표현할 수 있습니다. 자기가 느낀 그대로요. 그렇게 느끼라고 쓴 글이니까.

그러나 당신이 글을 쓰는 사람이라면, 혹은 쓰고자 하는 사람이라면, 어떤 사람의 글을 읽고 뭔가 느껴졌을 때 단순한 감상자의 그것과 똑같이 반응해서는 안 된다는 거죠. 왜. 우리는 같은 창작자니까. 같은 선수끼리는 피차간에 영업 비밀과 레시피를 다 알잖아요. 빵 만드는 사람들은 한 입 굳이 먹어보지 않아도 그 달콤한 빵에 짠 소금이 얼마나 많이 들어 있는지 아는 것처럼요. 먹는 사람들은 모르고 먹을 수 있어도요.

자, 좀 더 들어가볼게요. 한 명의 창작자로서 저는 꾸며내지 않은 솔직함이란 표현이 매번 이상하게 들리거든요. 꾸미지 않고 어떻게 솔직한 느낌을 주지? 이건 거짓말을 하고 말고의 문제가 아닙니다. 읽는 이로부터 솔직하다는 느낌을 이끌어내려면 많은 노력과 연출이 필요할 수밖엔 없거든요.

가령 독자들이 쉽게 잘 읽히는 글을 보면 어떻게 느끼죠? 글을 읽는 사람들이 하는 대표적인 착각, 쉽게 읽히면 쓰는 것도 쉽게 썼다고 생각하죠. 하지만 글을 쓰는 분들은 아실 거예요. 글을 쉽게 읽히도록 쓰려면 그 과정은 결코 쉽지 않다는 것을요. 여러분 누군가에게 뭘 설명할 때 어려운 개념을 그대로 어렵게 설명하는 것과 듣는 사람 입장에서 가능한 한 이해가 쉽고 빠르게 되도록 설명하는 거랑 어느 게 더 어려우세요. 후자가 훨씬 더 어렵죠. 그거거든요.

담백한 글은 글에 묻은 온갖 감정과 과잉된 수사들을 덜어내는 과정이 필요하고 군더더기가 없는 글은 처음부터 단번에 그렇게 쓴 것이 아니라 그 군더더기를 덜어내는 수많은 과정 끝에 나온다는 걸 독자들은 굳이 알 필요 없지만 같은 작가끼리는 알아야 하고 알 수 있어야 한다는 거죠. 선수라면은.

질문 주신 분께서 제 글을 읽고 자기가 느낀 그대로 써봤지만 잘되지 않았던 데에는 그런 이유가 있었던 거죠. 그저 꾸밈없이 솔직하게 있는 그대로를 썼다는 이유만으로 수많은 사람들이 내 글을 읽어주는 일이 가능하다면, 그런 세상은 얼마나 간편하겠어요. 그럼 세상의 많은 창작자들이 자기를 전달하기 위해서 그토록 많은 고민을 할 이유도 없겠죠.

그래서, 당신이 적어도 창작자를 꿈꾼다면 최소한 향유자로 즐기기만 하던 때와는 다른 시선으로 작품을 이해하고 분석할 수 있어야 한다, 그게 바로 전문성을 갖춰가는 길이니까, 라는 말씀을 드릴 수 있을 것 같습니다. 답변이 되셨으면 좋겠네요.

에필로그

본래 강연이라는 건 자기 분야에서 뭔가 일가를 이루거나, 학식이나 유명세가 대단해서 남이 본받을 만한 점이 있는 사람들이나 하는 것일 테다. 그럼에도 내가 이번 강연을 덥석 하게 된 이유는 이렇다.

작가로서 나는 세상에 해답을 주는 사람은 아니다. 차라리 질문을 던지거나 독자들과 같이 울고 웃고 괴로워하는 타입에 더 가깝다면 모를까. 나는 그래서, 세상의 잘나고 대단한 인물들은 미처 살피지 못하거나 살필 이유를 느끼지 못하는 삶의 사소하고 하찮은 문제들을 지나치지 못한다. 그런 게 바로 내가, 또 우리가 매일 직면하는 삶의 진짜 문제들이기 때문에.

한번은 이런 일이 있었다. 같은 업계에 있긴 했지만 별로 친하지는 않았던 두 사람이 내게 거의 동시에 다가와 알은체를 했던 것이다. 나는 당황했지만 그중에 좀 덜 챙겨도 될 사람에게 먼저 손을 내밀었다. 그와 먼저 인사해서 빨리 보낸 후 남은 사람과 길게 대화를 하려는 요량이었다. 그러나 두 번째 사람은 비록 잠시였지만, 내가 자신을 기다리게 만든 것이 불쾌했던지 얼굴이 붉어졌고 이후 내게 다시는 알은체를 하지 않았다.

나는 바보처럼 고민했다. 과연 동시에 다가온 별로 친하지 않은 두 사람을 어떻게 대했어야 누구에게도 미움을 사지 않을 수 있었을까.

그런데 시간이 지나고 나서야 알았다. 그런 방법은 존재하지 않는다는 걸.

✳

세월이 흘러서 나는 그때보다 더 나이를 먹었지만 여전히 모른다. 누가 나를 힘들게 할 때, 상대의 행위를 몇 번이나 참는 게 맞는 건지를. 두 번까지 참았다가 뭘 해도 해야 맞는 건지, 다섯 번은 참아야 하는 건지 모른다. 또 나는 내가 가진 어떤 꿈이 몇 살까지 실현 가능한 것인지, 그 뒤로는 영영 할 수 없는 것이 정말 맞는지 여전히 잘 알지 못한다. 다만 한 가지, 답은 내가 정하는 것이라는 걸 이제는 안다. 우리는 평생 세상에 어떤 답이 있어서 그걸 배우고 익히며 살아가는 것이 인생이라고 믿어왔다. 그래서 답이 존재하지 않거나 답을 발견하지 못하는 문제들에 직면하면 당황하고 어찌할 바를 모른다. 하지만 세상에는 오직 본인만이 답을 정하고 해결할 수 있는 일들이 있다. 그걸 스스로 정하고 깨우쳐가는 게 어쩌면 나 자신을 찾아가는 일인지도 모른다. 긴 기다림 끝에 내가 나 자신으로 살아가기 위해 깨달은 것이 있다면 그것 하나다.

하여 이 책은 무엇이 정답인지를 알려주는 책은 아니다. 작가로서의 내가 늘 그랬듯 나는 답을 찾아가는 과정을 보여줄 뿐이고 그 모습을 지켜보며 독자들이 어렴풋한 힌트라도 얻을 수 있다면 만족할 뿐.

마지막으로 이 모든 것을 가능하게 해준 임경선 작가님께 깊이 감사드린다. 내게 기꺼이 손을 내밀어주셨기에 이 책이 나올 수 있었으므로. 또 정은숙 대표님과 성혜현 팀장님을 비롯한 마음산책 여러분, 그리고 장지희 님, 정유선 님께도 감사드린다. 올해 초여름, 내 뜨거웠던 강연장을 가득 메워준 청중 여러분께도, 또 이 책을 새것으로 사서 읽고 있는 지금 당신에게도.

모쪼록 이 한 권의 노래가, 오직 당신 자신만을 위한 것이 되길 바라며.

2022년 11월
이석원 씀